جینا مرنا

(پنجابی ثقافت کی کہانیاں - حصہ: 3)

مرتب:

رتن سنگھ

© Ratan Singh
Jeena Marna *(Short Stories)*
by: Ratan Singh
Edition: January '2025
Publisher :
Taemeer Publications LLC (Michigan, USA / Hyderabad, India)

ISBN 978-93-6908-257-5

9 789369 082575

©رتن سنگھ

کتاب	:	**جینا مرنا** (افسانے)
مرتب	:	**رتن سنگھ**
صنف	:	فکشن
ناشر	:	تعمیر پبلی کیشنز (حیدرآباد، انڈیا)
سالِ اشاعت	:	۲۰۲۵ء
صفحات	:	۱۲۲
سرورق ڈیزائن	:	تعمیر ویب ڈیزائن

فہرست

(۱)	بھگت سنگھ کی منگیتر	دلیپ کور ٹوانہ	12
(۲)	مجھے ٹیگور بنا دے ماں	موہن بھنڈاری	19
(۳)	دراڑوں سے جھانکتا اندھیرا	گور بچن سنگھ بھلر	29
(۴)	ننگے پاؤں کی چاپ	چندن نیگی	45
(۵)	ماڈل	گوردیو سنگھ روپانہ	55
(۶)	پودوں جیسے اگے جسم	جسبیر بھلر	63
(۷)	گمشدہ	کرپال قذاق	72
(۸)	انگلیوں سے پھسلتا کچھ	نچھتر	89
(۹)	آج ہو تانہ جگیرا	درشن متوا	96
(۱۰)	جینا مرنا	پریم گورکھی	112

دیباچہ

پنجاب کی سرزمین کہانیوں کی سرزمین ہے۔ اس کے پانچ دریاؤں کے بیچ و بیچ پھیلے ہوئے سرسبز میدانوں کا حسن عہدِ قدیم سے ہی باہری حملہ آوروں کے لیے اس طرح کشش کا مرکز رہا ہے جس طرح کسی خوبصورت حسینہ کی طرف دنیا خود بخود کھنچی چلی آتی ہے اور یہ آنے والے سب لوگ آریہ، ہن، یونانی، ترکی، ایرانی، افغانی اپنی آمد سے جہاں پنجاب کی سیاسی زندگی پر اثر انداز ہوئے وہاں وہ اپنی تہذیب و تمدن کو بھی ساتھ لائے اور اس کی یہاں کی ثقافتی زندگی پر بھی مکمل چھاپ پڑی۔

پہلے تو لڑائیاں ہوئیں، گھمسان کے رن پڑے۔ جیتے تو جیت کی خوشیاں، بہادری کے قصے اور اگر ہارے تو پامال ہوئے۔ پاؤں تلے روندے گئے، ذلیل و خوار ہوئے، عورتوں کی عصمت لوٹی گئی، ماؤں کے سامنے بچے قتل ہوئے۔ بقول گورو نانک ''وہ ہندوانیاں، پٹھانیاں کہ جن کی صورتیں کبھی سورج نے بھی نہیں دیکھی تھیں، سر بازار بے پردہ ہوئیں۔ غرضیکہ لوگ در بدر بھٹکنے پر مجبور، آج یہاں تو کل پتہ نہیں کہاں گزرے گا کیسا ہوگا؟ ایسا ماحول ہزاروں سالوں تک بنا رہا۔ ایسے میں اپنے من کا درد کسی کو سنانے کے لیے پنجابی ہمیشہ بے چین رہنے لگے۔ اپنی بات کہنے سننے کا مزاج یہاں کے لوگوں کے رگ و ریشے میں بس گیا۔ اپنی بات کہنا ان کے مزاج میں اس طرح ڈھل گیا کہ ان کی زندگی خود ایک کہانی بن گئی۔ اسی لیے پنجاب کی سرزمین کو اگر کہانیوں کا دیس کہا جائے تو زیادہ بہتر ہوگا۔

حملہ آوروں کے ثقافتی اثرات آریوں کے ساتھ ہی شروع ہو گئے تھے۔ پنجاب میں سب سے پہلے ویدوں کی رچنا ہوئی اور ان کے شلوکوں میں بہت سی چھوٹی چھوٹی کہانیاں ملتی ہیں۔ جن کو پنجاب کی اولین کہانیاں کہا جا سکتا ہے۔ ویدوں کے بعد سمرتیاں اور پُران لکھے گئے تو پُرانوں میں خاص کر کہانی کو ہی ذریعہ اظہار بنایا گیا۔ یہ کتھائیں اور داستانیں مکمل زندگی کو اپنے احاطے میں لیتی ہوئی، ایسی اٹل سچائیوں کی طرف اشارہ کرتی ہیں اور فنی اعتبار سے یہ اتنی مکمل ہیں اور ان کے استعارے اپنے اندر ایسے رموز کو چھپائے ہیں کہ عقل دنگ رہ جاتی ہے۔ یہی وجہ ہے کہ ہزاروں سالوں کے بیت جانے پر بھی یہ اسی طرح تر و تازہ ہیں اور اپنی اپنی سی لگتی ہیں۔ کسی بھی فنی تخلیق کو جب اتنی لمبی عمر مل جائے کہ وہ آنے والے ہر دور میں زندہ و جاویدی لگے تو وہ انسانی دماغ کی اپج معلوم ہی نہیں ہوتی شاہکار کا لفظ تو ان کی عظمت بیان کرتے ہوئے چھوٹا سا ہو جاتا ہے۔ شاید اسی لیے انہیں دیوی ہونے کا درجہ دیا گیا۔

ان کے بعد پتہ نہیں کتنی یونانی دیومالائی کہانیاں، ترکی، ایراق و ایران کے چہار درویشوں کے قصے، الف لیلوی کہانیاں، جنگ و جدل کی داستانیں، پیار و محبت کی مُنہ بولتی حکایتیں، اور زندگی کے رموز کو واکرتی ہوئی روایتیں، یہاں کی زندگی میں اس طرح رچ بس گئیں، یہاں کے کپڑے اوڑھ کر اس قدر یہاں کی ہو گئیں کہ آج ان کو یہاں کی داستانوں اور کہانیوں سے الگ کر کے دیکھنا ہی دُشوار ہے۔

پھر اس منظر نامے میں بھرپور اضافہ کیا پنجاب کے قصہ گو شعرا نے، پیلو، دامودر، وارث شاہ، قادریار، شاہ محمد اور بہت سے دوسرے شاعروں نے ہیر رانجھا، مرزا صاحباں، سسی پنوں، سوہنی مہیں وال، لیلیٰ مجنوں، دلا بھٹی اور پورن بھگت اور ایسے ہی دوسرے قصے لکھے تو وہاں کے مغنیوں نے ان داستانوں کو اپنے سُریلے سروں اور میٹھی لچکی آوازوں میں گا کر ان میں رچے بسے معنی کے موتیوں کو لوگوں کے گھروں کے آنگنوں میں بکھیر دیا۔ لوگوں کے دلوں میں اُتار دیا۔

پھر بابا فرید شکر گنج کے دوہے ہیں۔ کئی بار تو ایسا محسوس ہوتا ہے، جیسے وہ اپنے

صوفیانہ خیال کو کہانی کے روپ میں ڈھال کر سنا رہے ہوں۔

جت دہاڑے دھن وری ساہے لیکھ لکھائے
ملک جے کنی سُنی دا، منہ دکھالے آئے

جس دن موت اس زندگی کو بیاہنے آئے گی اُس کا مہورت پہلے ہی نکل چکا ہے، وقت طے ہو چکا ہے۔ ملکوت جن کی آواز کانوں میں سُنی جا رہی ہے۔ وہ منہ دکھائی کی رسم پوری کرنے آئے گا اور.....

اسی طرح بُلّھے شاہ کی کافیوں میں بھی کہانی کی خوشبو رچی بسی ہے

توں کت کرڑے، توں کت کرڑے
کت بھڑولے، گھت گُرڑے

اس کافی کے اختتام پر جب وہ کہتے ہیں کہ "تو مڑ نہیں آنا وت کرڑے" تو جیسے پنجاب کی لڑکیوں کو زندگی کی ساری کہانی سُنا دی۔ "تو مائیکے میں چرخا کات، نیک کام کر اور ان کے پھل کو بھڑولے میں سنبھال کر رکھتی جا!" تو دل و دماغ میں اس بات کو اچھی طرح یاد رکھ کہ اس دنیا کے مائیکے سے ایک بار سُسرال گئی تو دوبارہ لوٹنے کو نہیں ملے گا۔

حضرت بُلّھے شاہ سے پہلے گورو نانک کی وانی میں گورو گورکھ ناتھ اور دوسرے سدھوں سے گوشٹیوں کا ذکر جہاں جہاں ہوا ہے۔ وہاں گورو نانک نے ایسا لب و لہجہ اختیار کیا کہ پڑھنے والے کو لگتا ہے جیسے وہ روبرو بیٹھا دونوں کی بات چیت سُن رہا ہو۔

یہیں پر بس نہیں۔ گورو نانک کے ہاں تو ان کے دور کے چند واقعات بھی ان کے شبدوں میں کہانی کے لہجے میں ڈھل گئے ہیں۔

جیسی میں آوے خصم کی وانی تیسڑا کری بیان وے لالو
پاپ کی جنج لے قابلوں دھایا، جوری منگے دان وے لالو
سرم دھرم دوے چھپ کھلوئے کوڑ پھرے پردھان وے لالو
قاجیاں باہمناں کی گل تھکی اگد پڑھے شیطان وے لالو

اے لالو، میرے مالک کا جیسا حکم ہو رہا ہے، میں ہو بہو وہی تمہیں بیان کر کے
بتا رہا ہوں۔ بابر قابل سے گناہ کی بارات لے کر آیا ہے اور ہم سے زبردستی
جذبہ مانگ رہا ہے سچا دھرم شرم کے مارے کہیں چھپ گیا ہے۔ اب تو جھوٹ
کا ہی بول بالا ہے۔ قاضیوں اور براہمنوں کے شادیاں کروانے کی رسم ختم ہوئی
اب شیطان نکاح پڑھواتے پھر رہے ہیں۔

پنجابی نظم کی ایک ہیت ہے "وار" ان لمبی نظموں میں جنگ کے واقعات کو بڑی تفصیل کے ساتھ بیان کیا جاتا ہے۔ اس سلسلے میں گورو گوبند سنگھ کی "چنڈی کی وار" اور بھائی سنتوکھ سنگھ کی تصنیفات خاص طور پر قابل ذکر ہیں۔ ان میں جنگ لڑنے والے شور بیروں ان کے شستروں، گھوڑوں اور پینتروں کا ذکر اتنی تفصیل سے ہے کہ پڑھنے والے کو لگتا ہے جیسے وہ سامنے کھڑا ہو کر اصلی معرکے کو دیکھ رہا ہو۔ ان کی یہ جذبات نگاری یقیناً انہیں کہانی کے قریب لا کر کھڑا کر دیتی ہے۔

اور تو اور پنجاب کی بہت سی بولیاں ٹھولیاں بھی اپنے آپ میں مکمل کہانی سموئے ہوئے ہیں۔

"تیری بھرے دی کمائی دا ملک بھن دوواں جم کے نوکڑیاں"

پہلی بڑی جنگ میں جا رہے سپاہی کو روکنے کی اپنی آخری کوشش میں اس کی نئی بیاہی دلہن کہتی ہے کہ جس روپے کی کمائی کرنے تو بھرے جا رہا ہے۔ میں تمہاری واپسی پر نو لڑکیاں پیدا کر کے اس کمائی کی کمر توڑ دوں گی۔ اس لیے نہ جا۔

جے میں جاندی جگّے نے مر جاناں
تاں اِک دے میں دو جمدی

جگّے ڈاکو کی ماں کہتی ہے کہ اگر میں یہ جانتی کہ میرا بہادر بیٹا ایک دن مر جائے گا تو میں ایک کے بجائے دو بیٹے پیدا کرتی۔

کہانی پنجاب کے لوگوں کے مزاج میں کس طرح رچی بسی ہے اس کا اندازہ میرے آبائی گاؤں قصبہ داؤد ضلع سیالکوٹ کے ایک غیر معروف شاعر کے ان دو شعروں سے بخوبی ہو سکتا ہے:

پنج روپے لیا بیاناں
پھیر آکھے میں موڑن جاناں
مندی نہیں بھرجائی اے
نال جولاہیاں سودا کرکے
مکریا نور الہی اے

کسی نور الہی نے آموں کا باغ بیچا۔ سودا طے کرکے پانچ روپے بیانے کے بھی لے لیے۔ پھر کہیں سے زیادہ پیسے ملنے کی امید ہوئی تو یہ بہانہ بنایا کہ میری بھاوج سودے کو نہیں مان رہی۔ اس لیے بیانہ واپس لے لو۔۔۔۔"

پنجابی نثر میں کہانی کا اسلوب گورونانک جنم ساکھی سے شروع ہوتا ہے۔ اس ساکھی میں گورونانک کی زندگی اور ان کے ہندوستان کے مختلف حصوں اور بیرونی ممالک کی چار تیرتھ یاتراؤں کے واقعات کی تفصیل کتھا کہانی کے انداز میں بیان کی گئی ہے۔ آکھ مردانیاں' ساکھی ہور چلی۔" کہہ مردانے کہانی یوں چلی کہ۔۔۔کا انداز پرانے کہانی سنانے کے انداز کے قریب بھی ہے اور ہندوستان کی دوسری زبانوں میں رائج چلن سے بھی ملتا جلتا ہے۔

یہ ہے وہ پس منظر جس میں آج کی پنجابی کہانی کی پہچان کی جاسکتی ہے۔

ایسا یقین کیا جاتا ہے کہ لال سنگھ کملا اکالی کی کہانی "سرو لوہ دی ووہٹی" پنجابی کی پہلی کہانی تھی۔ کئی نقاد سنت سنگھ سکھوں کی کہانی "بھتہ" کو پہلی کہانی کہتے ہیں۔ لیکن اس بحث سے ہٹ کر، پنجابی کہانی کے سفر کا جائزہ لیتے ہوئے اس بات سے سبھی متفق ہیں کہ یہ گوربخش سنگھ ہی تھے جنھوں نے پنجابی نثر میں الفاظ کی نشست و برخاست کے معیار طے کرکے اس کی روانی کو اس طرح ہموار کردیا جس طرح پہاڑی علاقوں کے اوبڑ کھابڑ راستوں سے باہر آنے کے بعد میدانی علاقوں میں پہنچتے ہی ندی کا بہاؤ ہموار ہو جاتا ہے۔ یہاں یہ بات بھی خاص طور پر قابل ذکر ہے کہ جس طرح ہندی کے پریوار میں اودھی، بھوجپوری، برج، بندیل کھنڈی، میتھلی، راجستھانی لوک بولیاں شامل ہیں۔ اسی طرح پشاور کے علاقے کی پوٹھوہاری جس میں پشتو کا رنگ شامل ہے۔ ملتان کے علاقے کی ملتانی یا سرائیکی جس میں ملتانی لب و لہجہ در آیا

ہے، کانگڑے کلّو کی پہاڑی، اور پھر ڈوگری جس میں جموں وکشمیر کا لب ولہجہ شامل ہے۔ اور پھر ہریانوی جس میں ہندی کا رنگ شامل ہے۔ یہ سب کی سب لوک بولیاں پنجابی بولی کے بڑے خاندان کی جاندار رُکن ہیں۔ ان سب کے ملے جلے لب ولہجہ نے پنجابی بولی کو ٹھیک اسی طرح میٹھا کیا ہے جس طرح جنگل کے رنگ برنگے پھولوں کے رس سے تیار ہونے والا شہد میٹھا ہو جاتا ہے۔

پنجابی کہانی کی خوش قسمتی ہی کہیے کہ اس میں پوٹھوہاری لب ولہجہ لے کر آئے کرتار سنگھ دُگل اور امرتا پریتم۔ "ساوے پتر" کے مصنف اور پنجابی کے عظیم شاعر پروفیسر موہن سنگھ نے تو خالص پوٹھوہاری میں کچھ کہانیاں بھی لکھی ہیں۔

یہ تو ہوئی ان کہانیوں کی بات جو اس مجموعے میں شامل کی گئی ہیں۔ لیکن پنجابی کہانی کی کہانی یہیں پر ختم نہیں ہو جاتی۔ یہ تو صرف اُس کی ایک جھلک ہے محض۔ حقیقت یہ ہے کہ پنجابی کہانی بہت امیر ہے۔ اور اس کی اس دولت کے روشن نقوش کو ایک مجموعے میں سمویا نہیں جا سکتا۔

میں امید کرتا ہوں کہ افسانے کے قاری اس مجموعے کو پڑھ کر مستفید ہوں گے اور اس بات میں فخر محسوس کریں گے کہ پنجاب کا افسانہ نہ صرف اپنے عہد کا آئینہ دار ہے۔ بلکہ ملک کی دوسری زبانوں کے ساتھ مل کر عالمی ادب میں اپنا مقام بنانے کی کامیاب کوشش کر رہا ہے۔

رتن سنگھ

○

"ہجر کی ماری" بھگت سنگھ کی منگیتر کے درد کی کہانی ہے۔ جسے دلیپ کور ٹوانہ سی دردمند کہانی کار نے لکھا ہے۔ یہ کہنا مناسب ہی ہوگا کہ اپنی کہانیوں میں دلیپ کور ٹوانہ نے ہندوستانی عورت کے درد کو ٹھیک اسی طرح کامیابی سے سمویا ہے جس طرح امرتا پریتم نے اپنی نظموں میں۔ دلیپ کور ٹوانہ کو اشاروں کنایوں میں اپنی بات کہنے کا ڈھنگ خوب آتا ہے۔ ان کی ایک بڑی ہی خوبصورت کہانی ہے "ایک شریف آدمی" جسے فنی اعتبار سے شاہکار کہا جاسکتا ہے۔ اس کہانی کا پنجابی کہانیوں میں ہی نہیں ہندوستان کی بہترین کہانیوں میں شمار ہونا چاہیے۔

اس مجموعے میں شامل ان کی کہانی اس اعتبار سے اہمیت کی حامل ہے کہ بھگت سنگھ کی منگیتر، دلیپ کور ٹوانہ کے تصور میں محنت مزدوری کر کے، لوگوں کے پینے پیس کر پھٹے پرانے چیتھڑے تن پر اوڑھے، ٹوٹی ہوئی جوتی پہنے اپنی ساری زندگی گزار دیتی ہے، وہ زندگی کے دکھ سہتی ہے۔ مگر سرکار سے کسی قسم کی مدد لینا گوارا نہیں کرتی اور اس سارے عرصے میں بھگت سنگھ کی یاد کی شمع اس کے سینے میں روشن رہتی ہے۔ یہی روشنی اس کی اصل طاقت ہے اور یہ بھگت سنگھ کی منگیتر ہے کون، ہندوستان کی وہ سب دبی کچلی عورتیں جن کی زندگی کی بنیادی ضرورتیں بھی پوری نہیں ہوتیں۔ اس اعتبار سے بھی شمع بھگت سنگھ کے جذبے کی شمع اگر ہمارے عوام کے دلوں میں روشن ہو جائے تو بھگت سنگھ کے خوابوں کا ہندوستان تعمیر ہونے میں دیر نہ لگے۔

دلیپ کور ٹوانہ

بھگت سنگھ کی منگیتر

جب ویر بھگت سنگھ دت کو
دیا پھانسی کا حکم سُنا
اُس کی ہونے والی نار کو
کسی نے گاؤں میں دیا بتا

گاڑی میں اندھا منگتا گا رہا تھا ۔۔۔۔ پھر ۔ میں نے منگتے کے منہ کی طرف دیکھا لیکن اِسٹیشن آجانے کی وجہ سے وہ اُس ڈبے میں سے اُتر کر دوسرے میں جا چڑھا۔ اب میرے دل میں بار بار یہ خیال آنے لگا کہ جب کسی نے گاؤں میں جا کر بتایا ہوگا تب بھگت سنگھ کی منگیتر کے دل پر کیا گزری ہوگی ۔۔۔۔؟"

میں ڈبے کی کھڑکی میں سے باہر دیکھنے لگی ۔ ایسے لگتا تھا۔ جیسے سامنے کے کھیت کھیتوں میں اُگی ہوئی فصلیں اور درختوں کی قطاریں بھاگی جا رہی ہیں ۔ اُسی تیزی سے خیالات میرے دل میں دوڑنے لگے ۔ میری کلپنا دور ۔ اُفق سے بھی دور گاؤں کے ایک کچے کوٹھے میں بیٹھی چرخا کاتتی ہوئی ایک خوبصورت عورت کو ڈھونڈنے لگی ۔ چُپ چاپ مَیں اُس کے مُنہ کی طرف دیکھنے لگی۔

"کیا کہتی ہو؟" وہ بولی۔

" تم نے کیسے عمر گزاری ؟" میں نے پوچھا۔
مجھے اُس کی عزت کا پاس تھا۔ لوگوں نے تو کہہ دیا تھا۔ یہ بھگت سنگھ کی منگیتر ہے۔ میں کیسے حوصلہ چھوڑتی ؟ میں نے محنت مزدوری کی، لوگوں کی کپاس بینی، سوت کاتا، اُن کے دانے پیسے، گھروں کی لپائی کی، گھاس چھیلی۔ اور اس طرح اپنا وقت گزارا۔"
کیوں۔ تیرے ماں باپ کو تیرا خیال نہیں تھا۔" میں نے پوچھا۔
کون سی سال چھ مہینے کی بات تھی کہ میں ان پر بوجھ بنی رہتی ؟ یہ تو عمراں کا معاملہ تھا۔ اور پھر اُنھوں نے تو اُسے ہی کوسنا تھا۔ جو اپنے فرضوں کو ادھورا ہی چھوڑ چلا گیا تھا۔
" تم نے سرکار سے مدد مانگ لینی تھی۔" میں نے اُداس ہوکر کہا۔
" میں اُس کی منگیتر ہوکر کسی کے آگے ہاتھ پھیلاتی۔ یہ مجھ سے ہو نہیں سکا۔
اُس کا ایمان اُس کا حوصلہ، اس کے مزاج کی پختگی دیکھ کر، میرا دل کیا کہ اس عظیم عورت کے پاؤں چھولوں، بیتی ہوئی عمر کی پرتیں اُتار کر وہ بھرپور جوان لڑکی بن کر میری یاد کے جھروکے میں دمکتی ہوئی کھڑی ہوگئی۔
" سُنا ہے اُس کے گاؤں میں اُس کی یاد منا رہے ہیں۔ تم جاؤگی ؟" میں نے پوچھا۔
" میں — میں اس کے گاؤں میں بھلا کیسے جا سکتی ہوں ؟ اُس نے تو باجے گاجوں کے ساتھ سہرے باندھ کر مجھے لینے کے لیے آنا تھا۔ وہ آیا نہیں — پھر میں کیسے جا سکتی ہوں۔"
" یہ تو بڑی پرانی بات ہوگئی۔" میں نے کہا۔
" تمہیں پرانی لگتی ہوگی۔ مجھے تو ایسا لگتا ہے۔ جیسے ابھی کل کی بات ہو۔ جب ایک دن دیئے جلانے کے وقت وہ ہمارے گاؤں میں آیا تھا۔ باہر کنویں پر کھڑے ہوکر اس نے ایک بچّے کے ہاتھ مجھے سندیسہ بھیج دیا۔
میں جھجکتی جھجکتی، سب سے چوری وہاں آگئی۔ کہنے لگا۔" تم فکر نہ کرنا۔ ابھی مجھے مزدوری کام ہیں۔ جب بھی بیاہ کیا، میں تیرے ہی سے کروں گا — میں جلدی ہی آؤں گا — وہ چلا گیا۔ اور تب سے ابھی تک نہیں آیا۔
اس وقت مجھے ایک روسی گیت یاد آیا کہ۔" ہمارا گھر ایسے سجنی اتنی دُور تو نہیں تھا کہ عمر بھر آ نہ سکے۔"

ان لفظوں کی تڑپ ان کا درد میں اُس کے چہرے پر ڈھونڈھ رہی تھی جو زندگی بھر اُس کا انتظار کرتی رہی جو پھر کبھی لوٹ کر نہیں آیا۔

"تم ان دردوں کی ٹیس کیا جانو؟" وہ آنکھیں بھر کر بولی۔ دو آنسو بہہ نکلے۔ مجھے لگا جیسے وہ کہہ رہی ہو۔" یہ کیسی رے دھرتی کانٹوں بھری، یہ کیسے رے جیون کے سُونے ٹاپو میرے سانس سوکھتے جا رہے ہیں۔

"رب تجھے لمبی عمر بخشے۔" اُس کے مُرجھائے ہوئے چہرے کی طرف دیکھ کر میں نے کہا۔ وہ ڈری ہوئی سی ایسے چونکی جیسے میں نے اُسے تھپڑ مار دیا ہو۔ پھر درد بھری آواز میں کہنے لگی

"میری ہمدردنے۔ لمبی عمر کی میری خواہش نہیں۔ عمر کے تو یہ دن بھی ختم نہیں ہو پا رہے۔"

اُس کی اُداسی مجھ سے دیکھی نہ گئی۔ بات بدلنے کے لیے میں نے کہا۔"تو میرے ساتھ شہر چل۔ میری بہن کی شادی ہے۔ دو چار دن اچھے نکل جائیں گے۔"

"نہیں۔ میں بیاہ میں نہیں جا سکتی۔" وہ بولی۔

"کیوں؟ میں نے پوچھا۔

خوشیوں کے موقعے مجھ سے برداشت نہیں ہوتے۔ ایسے موقعوں پر میں بہت تھک جاتی ہوں۔ اب مجھ سے اپنے غم گھڑی پل کے لیے بھی دور نہیں کیے جاتے۔ مجھے ان کے ساتھ رہنے کی عادت ہو گئی ہے۔ ایک بات بتاؤ گی؟ اُس نے بڑی اُمید سے میری طرف دیکھا۔

"ہاں پوچھو۔" میں نے کہا۔

"کیا سچ مچ کوئی اگلا جنم بھی ہوتا ہے؟"

"بے چاری ....." میرے دل نے کہا۔

"ہاں ضرور ہوتا ہے۔" میں نے کہہ دیا۔ یہ سن کر اس کی آنکھوں میں چمک آ گئی اور وہ مسکرا پڑی۔

"کیا ابھی تک وہ تمہیں یاد ہے ؟" میں نے پوچھا۔

" ہاں .... ہر گھڑی ، ہر پل وہ مجھے یاد رہتا ہے۔کبھی کبھی تو بڑا من کرتا ہے کہ کوئی آکر بتائے کہ " نہیں وہ مرا نہیں ۔ اُسے پھانسی نہیں دی گئی ۔ وہ زندہ ہے"۔ کبھی کبھی سوچتی ہوں اگر کہیں سے وہ سچ مچ واپس آجائے ۔ میں اُس سے کہوں ۔ کہہ ان تقدیروں کو ، یوں نہ دور رہیں۔ میں بھی کسی کی بیٹی رہے ۔ میں بھی کسی کی بہن ۔" لیکن ان تقدیروں کے پاس میرے لیے رکھا کیا ہے ۔" وہ اُداس ہوکر بولی ۔

" اب تو بھگت سنگھ کے سپنے پورے ہو رہے ہیں ۔ دیکھ دیش کیسے ترقی کی طرف جا رہا ہے ۔ تو بھی اس میں اپنا حصّہ ڈال ـــــ دیکھ نیا سال آرہا ہے ۔کوئی نیا قدم اُٹھا۔" میں نے کہا۔

اس کا مُنہ بُجھ گیا اور وہ چُپ چاپ میری طرف یوں دیکھنے لگی ، جیسے کہہ رہی ہو۔

پچھلا برس رو کے چلا گیا
اگلا بھی اُداس کھڑا
کس مُنی نے شراپ دیا
تم نے پھر نہ پوچھی بات ۔"

تم کیا سوچ رہی ہو ؟" میں نے پوچھا۔

اُس نے ایک ٹھنڈی بھری جیسے کہہ رہی ہو ۔" رات کی رانی مجھے پُوچھتی کہاں رہی چلی گئیں ، تمہاری رات کی نیندیں کہاں گُم ہو گئیں تمہاری صورتیں ۔ میں بار بار تم سے پوچھتی ، کون بھرے گا میری کہانی کا ہنکارا ۔ کون بنے گا رے میرے دُکھوں کا ساتھی ۔ ؟"

میں نے اُس کے منہ کی طرف دیکھا ۔ نانک ستیا جاہین جے برہوں چوٹ مرن ۔" اس قول کے آگے میں نے سر جُھکا دیا ۔ اُس کی ٹوٹی ہوئی جوتی پر میری نظر پڑ گئی ۔ میں نے درمیان سے دیکھا۔ اُس کی قمیض پر بھی پیوند لگے ہوئے تھے ۔ مجھے دھکّا سا لگا ۔

"تم نے اُسے دیکھا تھا؟" وہ اب بھی اُسی کے بارے میں سوچ رہی تھی
"نہیں۔" میں نے کہا
"وہ بڑا خوبصورت تھا۔ ہمارے گاؤں کی ساری لڑکیوں کے مردوں سے زیادہ خوبصورت۔ اور۔۔۔"
اس کے بعد اُس کا گلا بھر آیا اور پھر جیسے وہ خود سے باتیں کرنے لگی۔
"میں آتے جاتے مہمانوں کے چہروں کی طرف دیکھتی۔ کوئی کرے رے تیری بات۔"
"میں کتنا کنواری کھڑی انتظار کروں، اے کوئی سندیشہ بھیج۔"
"کیا سوچ رہی ہو سونیے؟" میں نے پوچھا۔
وہ اپنے ہاتھ کی لکیروں کی طرف دھیان سے دیکھنے لگی۔ جیسے کہہ رہی ہو "ماں اپنی سے میں پوچھتی بیٹی کی کیسی قسمت لکھائی۔"
میں اُس کی طرف دیکھتی رہی۔ ایک لَو جلتی تھی اُس کی آنکھوں میں، ایک قہر برستا تھا اُس کی نظروں سے۔ مجھے لگا جیسے وہ ایک ناگن بن کر پھنکار رہی ہو۔ بھگت سنگھ کے قاتلوں کو جیسے اُسی وقت ڈس لینا چاہتی ہو۔ جیسے سب کچھ توڑ پھوڑ کر مسل دینا چاہتی ہو۔ پھر اُس نے پلکیں جھکا لیں۔ جیسے کہہ رہی ہو "میں بھلا کیا کرسکتی ہوں۔"
"تم نا اُمید نہ ہو۔ بھگت سنگھ تیرا ہی نہیں تھا۔ وہ ہمارا سب کا تھا۔ اس کی موت کا دُکھ تجھے ہی نہیں۔ سارے دیش کو ہے۔ ہم اسے بھولے نہیں۔ ہمیں تو بھی یاد ہے۔"
یہ سُنتے ہی اُس کی آنکھیں بھر آئیں اور آنسو گراتی ہوئی وہ میری کلپنا کی طرف واپس مُڑنے کو ہوئی۔ مجھے لگا۔"
"زمین اور آسمان بھی سوچتے کہ کیا دیں تسلّی۔"
اتنے میں ایک جھٹکے کے ساتھ گاڑی اسٹیشن پر آکر کھڑی ہوگئی۔ وہ منگتا اب پھر ڈبّے کے سامنے سے گاتا ہوا جا رہا تھا۔

جب ویر بھگت سنگھ دت کو
دیا پھانسی کا حکم سُنا
اُس کی ہونے والی نار کو،
کسی نے گاؤں میں دِیا بتا

○

موہن بھنڈاری کے ہاں اس مجموعے میں شامل کی گئی کہانی سے بہتر کہانیاں بھی ملتی ہیں لیکن اس کہانی کو میں نے اس لیے چُنا کہ اس کا موضوع کچھ ایسا ہے جس کی طرف بہت کم ادیبوں کا دھیان گیا ہے اور یہ موضوع ہے انسان کے اندر کے جوہر کی پہچان۔ بدقسمتی سے ہمارے ہاں ابھی تک یہ ممکن ہی نہیں ہو پایا ہے کہ ہم اپنے عوام کے اس جوہر کو پہچانیں، اگر ایسا ہوتا تو ہمارے معاشرے کی تصویر کہیں خوبصورت اور دلکش ہوتی۔

زیرِ نظر کہانی کا ہیرو ایک معمولی سے کمہار کا بیٹا ہے جس کے ہاں اچھا شاعر یا ادیب بننے کی ساری صلاحیتیں موجود ہیں۔ اسکول میں اس کی یہ خوبی اس حد تک اُبھر کر سامنے آتی ہے کہ اس کی جماعت کے استاد صاحب کے علاوہ دلیندر ستیارتھی جیسا ادیب بھی متاثر ہوئے بغیر نہیں رہ سکا۔

لیکن کمہار کا بیٹا چونکہ صرف کمہار کا بیٹا ہے، حالات اُس کے اس جوہر کو کچل کر رکھ دیتے ہیں اور وہ ہمیں وہی اپنے گدھے ہانکتا اور معمولی لوگوں کے ہاتھوں ذلیل و خوار ہوتا دکھائی دیتا ہے۔

اس کی زندگی کا یہ المیہ دراصل اس کا نہیں ہمارے سماج کا المیہ ہے

موہن بھنڈاری

مجھے ٹیگور بنادے ماں

چمنیوں سے دھواں، کسی غریب کی آہ کی طرح اُٹھ رہا تھا۔

بھٹے کے کونے میں کھڑے ایک شیشم کے پیڑ کے نیچے لیٹا، وہ دھوئیں کی طرف متواتر دیکھے جارہا تھا۔

پھر اس نے اپنی گرد سے اَٹی ہوئی ٹانگیں دیکھیں، اپنے سارے جسم پر نظر ماری۔ وہ حیران ہوکر سوچ رہا تھا کہ بچپن میں اُس کا جسم کتنا بھرا بھرا ہوتا تھا۔ گوبھی کی طرح پھولا ہوا، پیارا پیارا۔

لیکن اب تو وہ بس دھوئیں سے کالی ہو رہی ہڈیوں کا پنجر ہو کر رہ گیا تھا۔ اُسے پل بھر کے لیے محسوس ہوا جیسے وہ بھی ایک چمنی ہو۔ کسی بند ہو چکے بھٹے کی بے کار سی چمنی، جس کا سارا دھواں نکل چکا ہو۔

اُسے اپنے آپ پر تھوڑی سی کھیج ہوئی۔ اُسے اپنے حالات پر اس سے بھی زیادہ کھیج ہوئی سب سے زیادہ کھیج اُسے بھٹے کے منشی پر آئی، "جو" ابھی آیا " کہہ کر پتہ نہیں کہاں چلا گیا تھا۔ اور وہ شیشم کے درخت کے نیچے لیٹا گھنٹے بھر سے اس کا انتظار کر رہا تھا۔ اگر وہ جاتے جاتے پرچی کاٹ جاتا، تو اب تک وہ تقریباً آدھا راستہ تو ختم کر ہی لیتا۔

اس نے سوچا

" مالا آگ کی ڈلی ہے، آگ کی ڈلی ۔"

وہ پھر جھنجلایا۔

پھر اس نے اپنے گدھوں کی طرف نظر دوڑائی۔

اینٹوں سے بھری ہوئی "چھٹ" کے بوجھ سے جھکے ہوئے بھی وہ مزے سے گھاس چرتے پھر رہے تھے۔ جیسے کچھ ہوا ہی نہ ہو، وہ گھاس کھانے میں اتنے مگن تھے کہ ان کو اپنی پیٹھ پر لدے بوجھ کا احساس تک نہیں تھا۔ بوجھ تو جیسے اُٹھانا ہی ہوتا ہے۔ کیا تھوڑا کیا زیادہ، ان کو کیا منشی چاہے ڈیڑھ گھنٹے اور نہ آئے۔

" تب تو۔ گدھے کے گدھے ہی رہے نہ مالو۔"

وہ انہیں اس طرح بے فکری سے گھاس چرتے ہوئے دیکھ کر ہنسنے لگا۔

آدمی اور گدھے میں اتنا ہی تو فرق ہے۔ آدمی بے انصافی کے خلاف آواز اُٹھاتا ہے۔ لیکن گدھا، گدھا تو گدھا ہی ہوتا ہے۔

آدمی اپنے نیچے کام کرنے والوں کو بھی گدھا ہی سمجھتا ہے۔ کیا ہوا اگر وہ آواز اُٹھاتے ہیں، اور پھر اس آواز کا بھی کیا فائدہ، جو سُن کر بھی اَن سُنی کر دی جاتی ہے۔ اُن سے تو گدھے ہی اچھے ہیں جو سر نیچا کیے دن رات کام کرتے رہتے ہیں۔ لیکن "پھل" کے بارے میں کچھ نہیں سوچتے اس کے گدھے اب بھی بے فکر ہو کر چرتے پھر رہے تھے۔

وہ ان کو دیکھ کر پھر ہنسا۔

اس بار اس کی ہنسی میں وہ کھلاپن نہیں تھا، جو عام طور پر ہنستے وقت ہونا چاہیے۔ اس کے برعکس ایک درد سا اُٹھا تھا اس کے کلیجے میں۔ اس کے اندر ایک کم مائیگی سی جاگ پڑی۔ وہاں شیشم کے نیچے لیٹا وہ جیسے سکڑ کر گٹھڑی ہو گیا۔ اور چھوٹا، اور چھوٹا، گدھوں سے بھی کمتر۔

" مالا۔ ابھی تک نہیں آیا۔ گدھا۔"

وہ پھر اُتاولا ہو گیا۔

آدمی جو تھا۔

اُس نے دن کے پہلے پہر میں ٹھنڈے ٹھنڈے ہی تین چکر لگا لیے تھے۔ یہ چوتھا چکر لگا کر

اُس نے بس کر دیا تھا اور اپنے اُسی رہنما کی باتیں سُنی تھیں جوان کے گاؤں میں اسکول کا سنگ بنیاد رکھنے کے لیے آ رہا تھا۔

لیکن منشی "ابھی آیا" کہہ کر پتہ نہیں کہاں کھسک گیا تھا۔

گدھے اب بھی لاپرواہی سے گھاس چر رہے تھے۔

آسمان پر چھوٹے چھوٹے بادل اکٹھے ہونے شروع ہو گئے تھے۔ ہوا کے ذوا ایک ٹھنڈے جھونکوں نے اس کی آنکھوں کو ٹھنڈک پہنچائی تھی۔ پل دو پل کے لیے جیسے خوبصورت نظارہ اُس کی آنکھوں کے سامنے پھیل گیا۔ وہ جھوم اُٹھا۔ جھومتے ہی اُس کے ہونٹوں پر بولی کے بول پھڑک اُٹھے۔

بلّہ مار کے بُجھا گئی دیا۔
آنکھ سے وہ بات کر گئی۔

وہ ایک بار کھلکھلا کر ہنسا۔

اُسے وہ داڑھی والا بزرگ شاعر بھی یاد آیا، جو اس کے شاعر ماسٹر کے پاس لوک گیت اکٹھے کرتے کرتے آ نکلا تھا۔ باتیں کرتے کرتے اُس کھلے بالوں والے شاعر نے بتایا تھا کہ ٹیگور کو جب اُس نے یہ بولی سُنائی تھی تو وہ جھوم اُٹھے تھے۔

اس بزرگ شاعر کو اس نے کتنی ہی بولیاں سُنائی تھیں۔ ختم ہونے میں ہی نہیں آتی تھیں بولیاں۔ وہ خوش ہو گیا تھا۔ اُس نے بھرپور پیار کیا تھا اُس کو۔

پھر ماسٹر۔ شاعر اور بزرگ شاعر اپنی اپنی نظمیں سُناتے رہے تھے۔

وہ حیران ہو کر بیٹھا سُنتا رہا۔ تب اُسے زندگی میں پہلی بار یہ پتہ لگا کہ شاعر اور چور آدمیوں جیسے آدمی ہوتے ہیں۔ عام آدمیوں جیسے ہاتھ پاؤں والے۔ وہی عام عادتیں جو آدمیوں میں ہوتی ہیں، وہ ان میں بھی موجود ہوتی ہیں۔

اسی لیے تو وہ بزرگ شاعر جلنے والی بات پر ہنستا تھا۔ اُداس ہونے والی بات پر اُداس ہو جاتا تھا۔

اُس دن اُسے اُس کے شاعر ہونے پر یقین ہی نہیں آیا تھا۔ پتہ نہیں کیوں شک سا ہوتا

تھا اُسے اس کے شاعر ہونے میں
ایک دن جھجکتے جھجکتے اُس نے بھی ایک کویتا لکھ لی تھی۔ لکھی نہیں تھی۔ لکھی گئی تھی۔
ماسٹر شاعر کتنا خوش ہوا تھا اس پر۔" بالکل ٹیگور کا رنگ 'اچھوتا خیال' بیٹا تو ٹیگور بنے گا۔
دل نہ چھوڑنا، ہمت نہ ہارنا۔" اُس دن اُسے یقین ہو گیا تھا کہ وہ ٹیگور بن سکتا ہے۔
اس نے گیتا نجلی کا ترجمہ لا کر بار بار پڑھا۔ لیکن اُسے سمجھ نہ آئی۔ اُسے پھر اپنا آپ چھوٹا اور
کمتر سا لگا۔ ادھورا ادھورا۔
لیکن شاعر۔ ماسٹر اس کے دل کو بڑھاوا دیئے جا رہا تھا۔ تم ضرور ایک دن ٹیگور بن جاؤ گے۔
تمہاری کویتا جیسی تو اُس بابے کی کوئی بھی کویتا نہیں تھی۔"
اُس نے اُس بزرگ شاعر کی طرف اشارہ کیا تھا۔ اب وہ ہر موضوع پر اچھی سے اچھی کویتا
لکھ سکتا ہے۔
لیکن اب ' وہ شاعر، جو شاعر سے زیادہ ماسٹر ہے۔ 'اس کو کویتا ہی نہیں مانتا۔
بدر و کمہار حیران ہو رہا تھا۔
پھر اُسے وہ نیتا یاد آیا جو پڑوس کے گاؤں میں انعام بانٹنے آیا تھا۔ انعام لیتے لیتے
اُس کا تھیلا بھر گیا تھا۔ کچھ انعام اُسے اپنے دوست کو پکڑانے پڑے تھے۔ وہ اسکول میں اوّل
آیا تھا۔ دوڑوں میں اوّل آیا تھا۔ کویتا کے مقابلے میں اوّل آیا تھا۔
اُس دن اُس خوشی کے مارے پاگل پن سوار ہو رہا تھا۔ اُس دن شاعر، ماسٹر بڑا خوش
تھا۔ تقریر کرتے ہوئے اُس نے کہا تھا۔
" آپ کے بیچ میں سے ہی عظیم نیتا بنیں گے۔ آپ میں سے کوئی مہاتما گاندھی، اور مہاکوی
ٹیگور بنیں گے۔ مہاکوی ٹیگور، جس کو اس کی ماں نے ٹیگور بنایا
وہ بھاگا بھاگا اپنی ماں کے پاس گیا۔ اپنے سارے انعام اس نے ماں کی جھولی میں ڈال
دیئے۔
پھر اُس کے بازو، ماں کے گرد خود بخود لپٹ گئے۔ اُس نے لاڈ سے ماں سے کہا۔ ماں ری
ماں " مجھے ٹیگور بنا دے۔"

"کیا؟" اُس کی ماں کو جیسے کچھ سمجھ نہ آئی۔

"مجھے ٹیگور بنا دے ماں۔۔۔۔" اُس نے پھر منت کی۔

"مور۔۔۔۔" اُس کی ماں کو جیسے سمجھ آگئی اور بولی۔ "مور تو تمہارے دشمن بھی نہ بنیں بیٹا۔"

اُسے اپنی ماں پر بڑا غصہ آیا۔

اُسے اس ٹیڑھی سوٹی والے ماسٹر پر بھی غصہ آگیا۔ جو اُن کو مور بنا دیا کرتا تھا۔

گردن کے پیچھے وہ ان کے ہاتھ پاؤں بندھوا دیتا اور ہوا میں اپنا ڈنڈا گھما کر کہتا۔ تمہاری ماں کے کرچھے میں کرچھا مارا۔ ڈنڈا پیر ہے بگڑے ہوؤں کا، بچو۔

اس طرح وہ مور بنے گھنٹہ گھنٹہ بھر دھوپ میں سڑتے رہتے۔

پھر اُسے وہ دن یاد آیا۔ جب اچانک فالج کی وجہ سے اُس کا باپ کا ایک حصہ مارا گیا تھا، اور اُسے آٹھویں جماعت سے پڑھنا چھوڑ کر اپنے باپ کا کام شروع کرنا پڑا تھا۔

شاعر۔ ماسٹر نے اُس کے باپ کی منتیں کی تھیں کہ وہ اُسے کم از کم دسویں پاس کروا دے لیکن اُس کے باپ کے ایک ہی جواب نے اُسے لاجواب کر دیا تھا۔ اُس کے باپ نے کہا تھا: "ماسٹر جی، جہاں روٹی کی فکر ہو، وہاں پڑھائی کے بارے میں سوچا بھی نہیں جا سکتا۔ پہلے پیٹ ہے۔ پڑھائی بعد میں۔"

ماسٹر مایوس سا ہو کر اُس کے گھر سے لوٹ گیا تھا۔

اس دن بدرو کمہار کے اندر سے آدھا ٹیگور مر گیا تھا۔

اور آج بھی ایک نیتا اُس کے گاؤں میں نئے بننے والے اسکول کا سنگِ بنیاد رکھنے آ رہا ہے،

وہ اُٹھ کر بیٹھ گیا۔ اس کے گدھے اب بھی آرام سے گھاس چر رہے تھے۔ چمنیوں سے دھواں اب بھی نکل رہا تھا۔ دور سے سائیکل سے آتا ہوا منشی اُسے دکھائی دیا۔ اس کے دل میں آئی کہ اُسے آتے ہی گرا کر زمین پر پٹک دے۔

لیکن کمزوری کے احساس نے اُسے ایسا کرنے سے روک دیا یا شاید اُس کے اندر کے انسان نے روکا ہوگا ایسا کرنے سے۔ اُس نے اُٹھ کر کپڑوں کی گرد جھاڑی۔ منہ ہاتھ دھویا اور چپ چاپ

پرچی کٹوا کر تیار ہو گیا۔

سر پر سُورج آگ برسا رہا تھا۔ اُسے اپنے ننگے پاؤں پر ترس آ گیا۔ وہ چلتے چلتے پھیل کر بھدّے سے ہو گئے تھے۔ ٹانگوں کی پھولی ہوئی نسیں بجلی کی تاروں کی طرح بچھی ہوئی تھیں۔ جیسے وہ صدیوں سے پیدل ہی چلتا آ رہا ہو۔

"چلو شیرو چلو۔" نیلے سالے۔ اب نہ راستے میں گرنا۔ نہیں میری بے عزّتی کروا دو گے۔ گھر جا کر تجھے پیٹ بھر چارا دوں گا۔

نیلا گدھا جو دوسرے گدھوں سے کمزور تھا۔ اور راستے میں ایک دو بار اینٹوں کی بھری ہوئی چھٹ کو گرا دیتا تھا۔ سوٹی کی مار کھا کر ہنہناتا ہوا سب سے آگے ہو چل دیا۔

اس نے پگڑی کے پلّو سے گڑ کی ڈھیلی کھولی اور تھوڑا سا کھا کر پھر ویسے ہی باندھ لی۔

گاؤں جا کے کھاؤں گا اس کو۔ اور پیٹ بھر کر پانی پیوں گا۔ پھر رہٹ کی منڈیر پر بیٹھ کر نیا کی باتیں سُنوں گا۔ اس نے سوچا۔

" ماں یہ تمہارے شاہانہ کپڑے اور ہیرے جواہرات کی مالا پہن کر میں کیا کروں گا۔ تو مجھے ان بے کار اور بے معنی بندھنوں میں نہ باندھو۔ میں تو اس سنسار کے میلے کی زندگی بخشنے والی دھول میں کھیلنا چاہتا ہوں۔"

اسے شاعر۔ ماسٹر کی اسکول کی دیوار پر لکھی ٹیگور کی وہ سطریں یاد آ گئیں۔

میں تو اسی دھول میں پیدا ہوا، کھیلا اور پلا بھی اسی دھول میں ہوں۔ لیکن ٹیگور نہیں بن سکا۔

اس نے قہقہہ لگایا اور اُونچی آواز میں ہنس پڑا۔

گرم گرم ریت پر اس کے پاؤں جھلسنے لگے۔ تُم سا ہو گیا۔ جیسے کوئی دیو ساری کی ساری ہوا پی گیا ہو۔

اُسے اپنی ماں کی یاد آئی جو اس میں کچّے کوٹھے کی چھت پر لیٹی سات نگروں کے نام لیا کرتی تھی۔

چل پڑ میری دشمن۔ چل پڑ۔" اس نے ہوا کو للکارا۔ سُورج کا لال گولا دمک رہا تھا۔

اوے سورجا۔ کنجرا۔ تو نے بھی آج ہی چمکنا تھا۔ آج میرے پاؤں ننگے ہیں اس لیے۔ خود تو جل رہے ہو ساتھ ہی دوسروں کو بھی جلا رہے ہو۔" اس نے جیسے سُورج سے بھی شکوہ کیا۔

" اوے بادلو۔ بیٹی کے یارو۔ کہاں مر گئے تم۔" اُس نے دانت پیسے

دور سے اُسے ایک چھوٹی سی بدلی آتی ہوئی دکھائی دی۔ وہ خوش ہو گیا۔ لیکن پھر پتہ نہیں وہ کہاں غائب ہو گئی۔ جیسے کئی غریب کمیوں کے مارے ختم ہو جاتے ہیں۔ لیکن مزے سے جی رہی باقی دنیا کو اس کا پتہ بھی نہیں چلتا۔ اسی طرح سورج بھی بدلی کی موت سے انجان جلتا رہا۔ گدھوں کی چال دھیمی ہو گئی۔

" تم سب دشمن ہو گئے اوے میری جان کے۔" غصے میں آکر اُس نے گدھوں کو پیٹنا شروع کر دیا۔ وہ ہنہنانے، ہیں ہیں کرتے دوڑنے لگے۔ اُس کا دل کیا کہ پلاکی مار کر ایک گدھے کے اوپر بیٹھ جائے لیکن اس ڈر سے کہ بوجھ کے بڑھ جانے سے گدھا بیٹھ ہی نہ جائے، وہ چلتا رہا۔

سامنے بروٹے والا کنواں آگیا۔ وہ خوش ہو گیا۔ وہاں اس نے پیٹ بھر کر پانی پیا۔ پگڑی کے پلّو سے بندھے گڑ کو حسرت بھری نظروں سے دیکھا۔ اسے اب گاؤں جا کر ہی کھاؤں گا۔ ساتھ ہی نیتا کی باتیں بھی سنوں گا۔

اُس نے پیڑ کے نیچے کھڑے ہو کر سوچا۔

" کہیں نیتا آکر ہی نہ چلا جائے۔" یہ سوچتے سوچتے وہ پھر چل پڑا۔

پانی سے گیلے ہوئے اس کے پاؤں منٹوں میں سوکھ گئے۔ گرم گرم ریت اُس کے تلوے جھلسنے لگی۔ پھر اُس نے ایک دم چھلانگ لگائی۔ اُسے ایک خیال سُوجھا تھا۔ بھاگ کر وہ ڈھاک کے پیڑ کے پاس گیا۔ اس کے پتے توڑے۔ پگڑی سے کپڑے کی لیر پھاڑ کر، ڈھاک کے پتے اس نے پاؤں کے نیچے باندھ لیے۔

اب ریت اُسے کم گرم لگ رہی تھی۔ وہ خوش ہو گیا۔ بائیں ہاتھ کی پُشت کو ہونٹوں پر رکھ کر خوشی کی اونچی آواز پیدا کرتے ہوئے اُس نے بکرا بُلایا۔

اس آواز سے ساری وادی گونج گئی۔ اس سے بھی اس کی تسلّی نہ ہوئی تو اس نے ایک بولی کے بول الاپے۔

" آوازیں مارتے بکریاں والے
دودھ پی کے جانا بے کورے۔"

سامنے گاؤں دکھائی دے رہا تھا۔

وہ بڑے اُمنگ سے گاؤں کے نچلے حصّے میں داخل ہوا۔ اسکول کے سامنے آموں اور کیلیوں کے پتّوں سے بنایا گیا "خوش آمدید" والا دروازہ کھڑا تھا۔ ارد گرد رنگ برنگی جھنڈیاں لہرا رہی تھیں۔ ہر طرف گہما گہمی تھی۔ اسکول کے ماسٹر ادھر اُدھر بھاگتے کام کر رہے تھے۔

وہ مست سا ہو کر کھڑا دیکھتا رہا۔

اپنا بچپن اُسے پھر یاد آگیا۔

پھر اُسے وہ ماسٹر یاد آیا جو اُسے اپنے گلے سے لگا کر دُلار اور پیار کرتا ہوا کہا کرتا تھا۔ وہ ایک دن ضرور ٹیگور بنے گا۔

اُسے وہ بزرگ۔ شاعر بھی یاد آیا جو گاؤں میں لوک گیت اکٹھے کرتا پھرتا تھا۔ جس کو اُس نے سینکڑوں لوک گیت زبانی سنائے تھے۔ جو دوبارہ آنے کا وعدہ کر کے کبھی نہ آیا۔

کاش وہ کبھی اُسے ملے۔ وہ اسے اپنے تازے لکھے گیت ضرور سنائے گا۔

اب وہ ہر موضوع پر اچھی سے اچھی کویتا کہہ سکتا تھا۔

لیکن کوی ماسٹر شاید اُسے ہمیشہ ڈھول میں اُٹے رہنے والا گھٹیا گنوار ہی سمجھتا ہے۔ اس لیے دور بیٹھا بھی وہ اُس کی کویتاؤں کو کویتا ہی نہیں مانتا۔ کیونکہ وہ ہمیشہ ڈھول میں ہی اُٹا رہتا ہے۔ وہ ڈھول جس میں کھیلنے کے لیے ٹیگور ہمیشہ تڑپتا رہا، ترستا رہا۔ اُسی ڈھول میں وہ جی رہا ہے، پل رہا ہے۔ وہیں کھڑا پتہ نہیں، وہ کن خیالوں میں گم ہو گیا۔

اُس کے ہونٹ، اُس کی آنکھیں، اُس کے ہاتھ پاؤں . . . . وہ خود ایک گیت میں ڈھل گیا وہاں ایک گیت لرز رہا تھا۔ جسے اس نے کبھی اپنے ہونٹوں سے نہیں چھوا۔

پھر وہ جیسے کانپ سا اُٹھا۔

ایک گیت بکھر گیا۔

ایک مُکا، دو مُکّے، ایک تھپڑ . . . ایک اور تھپڑ۔

"ٹھہر۔ تیرے کُتے کمہار کی بہن۔۔۔ سالے۔ تو یہاں رنگ تماشے دیکھ رہا ہے۔ تیرے گدھوں نے میرے کھیت کا ستیاناس کر دیا ہے۔ کُتی ذات۔۔۔

ایک اَڑیَل سا جاٹ آنکھیں لال کیے اُسے گالیاں دے رہا تھا۔

وہ بھونچکا سا وہاں کھڑا رہا۔

جاٹ نے بیل گاڑی سے ایک چھڑی اٹھائی اور اُس کی طرف بڑھا۔

وہ دہشت کا مارا، گدھوں پر ڈنڈے برساتا، اُڑتی ہوئی گرد میں ایک نقطے سا سمٹ گیا۔

اُس کی پگڑی سے بندھی گُڑ کی ڈھیلی بھی اُچھلتی ہوئی اُس کی ہڈیوں کو توڑ رہی تھی۔

O

گوربچن سنگھ بھلّر کی کہانی دراروں سے جھانکتا اندھیرا کی اَن گنت پرتیں ہیں۔ آپ اسے پرت در پرت کھولتے جائیے اور ہندوستانی معاشرے میں ذات، دھرم و مذہب کی نفرتوں نے جو زہر گھولا ہے اس کی کڑواہٹ کو شیو بن کر پیتے چلے جائیے۔ اگر آپ اس زہر کو پی کر اس کا تدارک ڈھونڈلیں تو آپ اپنے ملک اور قوم میں ہی نہیں پورے انسانی سماج کا مسیحا کہلائیں گے۔ اور اگر یہ نہیں کر پائے تو....

پہلی پرت ادیب کے ذہنی رویّے کی ہے، جہاں وہ انسان کو ہندو سکھ یا مسلمان کی شکل میں نہیں ایک انسان کی شکل میں دیکھنا چاہتا ہے۔ اس لیے اسے اس کہانی کا ہیرو صرف آدمی لگتا ہے۔ وہ صرف کالا ہے۔ کالا سنگھ، کالو رام یا کالے خاں نہیں۔

اس کالے خاں کی پریشانی یہ ہے کہ وہ ناکردہ گناہوں کی سزا بھگت رہا ہے۔ بقول گوربچن سنگھ بھلّر، اس کی کیفیت بھیڑ کے بچے کی سی ہے جس کے باپ یا باپ کے باپ نے باگھ کے پینے والے پانی کو گدلا یا جھوٹا کر دیا تھا۔ اسی لیے وہ انسان کے جامے میں ہوتے ہوئے بھی وہاں رہنے کے لیے مجبور ہے۔ جہاں کھاتے پیتے جاٹوں کے جانوروں کے باڑے میں، اس کا گھر، گھر نہیں بلکہ باڑہ کہلاتا ہے۔ جیسے کالا، انسان نہ ہوکر جانور بن کر رہ گیا ہے۔ اسی لیے بھری دوپہر کے وقت بھی اس کے سونے کے کمرے کی دراروں سے اندھیرا جھانکتا رہتا ہے اور گاؤں کے بچے اس کے گھر کو بھوت گھر سمجھتے ہیں۔ یہ کہانی کی دوسری پرت ہے۔

اس کہانی کی تیسری اہم پرت ہے کہ یہی کالے خاں جسے سماج نے جانوروں کی سی زندگی گزارنے پر مجبور کیا ہے، سماج کا اتنا اہم رُکن ہے کہ دراصل وہی ان سب کی آواز ہے۔ اس کے بغیر وہ خود کو آدھے ادھورے محسوس کرتے ہیں۔

اس کہانی کی چوتھی پرت وہ ہے، جہاں منگل سیوں اور رام پرتاپ جیسے بدمعاش سنتالیس کے فسادات کے وقت خود ساختہ چوہدری بن گئے ہیں اور مسلمانوں کو لوٹ کر یا قتل کر کے جب لوٹتے ہیں تو اُن کے کپڑے خون سے لال ہوتے ہیں اور ان کے ہاتھوں میں لوٹے ہوئے مالِ غنیمت کی پوٹلیاں ہوتی ہیں۔

اس طرح پرتیں کھولتے جائیے۔ آپ پائیں گے کہ ان مذہبی غنڈوں کے اصول بھی ان کی اپنی ہوس کی بھوک مٹانے والے سانچوں میں ڈھلتے ہیں۔ ان کا مذہب مسلمان عورتوں کو ہندو بنانے کی اجازت دیتا ہے مگر مسلمان مردوں کو نہیں۔ اسی لیے مختلف منزلوں سے گزرتے ہوئے کہانی کار اس منزل پر پہنچتا ہے جہاں پنجاب میں پھر سے ہندو سکھ تفرقے کی آگ جل اُٹھی ہے۔ اس وقت یہی منگل سیوں اور رام پرتاپ آج مخالف دھڑوں کے کمانڈر بنے بیٹھے ہیں۔ اور ان کی تلوار کا شکار ہو کر مر رہا ہے کالے خاں، جس کا کسی مذہب سے کوئی تعلق نہیں جو صرف انسان ہے۔۔۔۔ آپ کے کانوں میں کالے چوکیدار کے ڈھنڈورے کی آواز حق کی آواز بن کر گونج جائے تو کہانی کار کو تسکین ہوگی کہ اس نے قلم پکڑنے کی لاج رکھ لی۔

گوربچن سنگھ بھلّر

دراڑوں سے جھانکتا اندھیرا

وہ سامنے کھڑا تھا۔ کالا۔ رات دن وہ میرے سامنے ہی رہتا تھا لیکن اُسے نہ تو کبھی میں نے دھیان سے دیکھا تھا اور نہ ہی اُس کے بارے میں کبھی کچھ سوچا تھا۔ شاید اُس نے خود بھی اپنے آپ کو کبھی دھیان سے نہیں دیکھا تھا اور اپنے بارے میں کچھ نہیں سوچا تھا۔ اصل میں اُس میں دیکھنے لائق یا اُس کے بارے میں سوچنے لائق کوئی بات تھی ہی نہیں۔ شاید وہ خود بھی اپنے بارے میں ایسا ہی سوچتا تھا۔

وہ اس دفتر کا، میرے دفتر کا چپراسی تھا۔ ایک عام سے شہری ایک عام سی گلی کا باسی۔ افسر اور کرمچاری بدلتے رہتے تھے۔ لیکن وہ کئی سالوں سے یہیں کام کر رہا تھا۔ اسی دفتر میں چپراسی اپنے حدی شہر میں ٹکا ہوا۔

جب وہ خالی ہوتا، وہ میرے دفتر کے دروازے پر لٹکتی چک کے باہر اسٹول رکھ کر بیٹھا رہتا۔ میرے گھنٹی بجانے یا آواز دینے کے انتظار میں۔ کام کو ٹالنا شاید بے چارے کو آتا ہی نہیں تھا۔ اگر وہ ایسا ہی ہوشیار ہوتا تو محض چپراسی بن کر ہی کیوں رہ جاتا۔ "جی جی" "ہاں جی" ہی اُس کے لیے لفظ اور شلوک بن کر رہ گئے تھے۔ ہر بات کے جواب میں وہ سارا دن ان ہی کو رٹتا رہتا۔

میں نے تو کبھی یہ بھی نہیں سوچا تھا کہ وہ سکھ ہے یا ہندو۔ سر کے ادھ کھُلے بالوں پر وہ پگڑی باندھ لیتا۔ اپنے بال وہ نہ تو اتنی اچھی طرح کاٹتا کہ سر سنگار کھا جا سکے۔ اور نہ ہی وہ بالوں کو اتنا لمبا رکھتا کہ جوڑا

باندھا جا سکے۔ اور اس پر بندھی ہوئی پگڑی خوبصورت لگے۔ داڑھی وہ کبھی کبھی چھانٹ لیتا۔ بے ڈھبے۔ بے ڈھنگ سے کاٹی ہوئی اُس کی داڑھی ایسے لگتی۔ جیسے کسی انجان آدمی نے کھیت سے چارا اٹھا ہو۔

اصل میں اُسے چلتے پھرتے، بولتے یا کام کرتے دیکھ کر کبھی یہ خیال کرنے کی ضرورت ہی نہیں پڑتی تھی کہ وہ سکھ ہے یا ہندو۔ بس وہ آدمی لگتا۔ پیدا ہونے، کام کرتے کرتے بڑا ہونے اور کام کرتے کرتے ہی مر جانے والا انسان۔ اپنی کمائی سے دال روٹی کھا کر گزارا کرنے والا، موٹا جھوٹا پہن کر خوش رہنے والا۔ ایسے سخت اور کڑے وقت میں بھی دُکھ سُکھ جھیلتے کسی نہ کسی طرح گزر بسر کرنے والا انسان۔

پتہ نہیں وہ کچّا پکّا سکھ تھا۔ جو سر کے کیش اور داڑھی کی سمبھال میں سُستی کرتا ہوا کبھی کبھی قینچی مار لیا کرتا تھا۔ پتہ نہیں وہ کاہل سا ہندو تھا جو روز گالوں کو رگڑنے میں سُستی کرتا ہوا، داڑھی اور سر کو ادھ منڈا ہی چھوڑ دیتا تھا۔ ویسے اگر وہ کچھ دن قینچی کو ہاتھ نہ لگائے تو سکھ لگ سکتا تھا، کالا سنگھ یا اگر وہ ایک دن نائی کے پاس جا بیٹھے تو ہندو لگ سکتا تھا۔ کالا رام۔ لیکن اس وقت وہ نہ سکھ تھا نہ ہند۔ نہ کالا سنگھ نہ کالا رام۔ صرف کالا تھا۔ میں نے اور کسی کو بھی اُسے کالا سنگھ یا کالا رام کہہ کر بُلاتے نہیں سُنا تھا۔ اگر کبھی کوئی اُس کے نام میں تھوڑی تبدیلی کرتا بھی تو زیادہ سے زیادہ اُسے کالا نہ کہہ کر کالو کہہ کر پکارتا۔

اب جب وہ میرے سامنے اخبار کا اشتہار والا صفحہ رکھتے ہوئے اپنا عجیب سا سوال لیے کھڑا تھا۔ مجھے پہلی بار اُس کے دھرم کے بارے میں سوچنا پڑ رہا تھا۔ میں اپنے آپ میں بڑا حیران ہوا کہ یہ آدمی کالا یا کالو، دن رات میرے ساتھ رہتا۔ میرے سامنے پھرتا تھا لیکن مجھے یہ پتہ ہی نہیں تھا کہ یہ سکھ ہے یا ہندو۔ آج مجھے اچانک ہی یہ بات یاد کرتے ہوئے بھی بڑا عجیب سا لگا کہ کاغذوں میں بھی اُس کا نام محض کالا ہی تھا۔ نہ کالا سنگھ، نہ کالا رام۔ پہلے کبھی اس بے معنی سی بات کی طرف میرا دھیان ہی نہیں گیا تھا۔ میں نے کبھی اُسے کوئی رسم و رواج ادا کرتے بھی نہیں دیکھا تھا۔ کام ہی اُس کے لیے ریت رواج تھا۔ کسی نے کبھی اُسے کوئی "شبد" "شلوک" کا اُچارن کرتے بھی نہیں سُنا تھا۔ "جی جی" ہاں جی، ہاں جی ہی اُس کے شبد شلوک ہوا کرتے تھے۔

لیکن یہ تو شاید میری بھول تھی۔ وہ کچھ تو ہوگا ہی۔ وہ صرف انسان کیسے ہو سکتا تھا۔ وہ سکھ انسان ہوگا یا ہندو انسان۔ اگر وہ خود سکھ یا ہندو نہیں تھا تو اس کا باپ یا اُس کے باپ کا باپ تو

سکھ یا ہندو ہوں گے ہی۔ اُس بھیڑ کے میمنے کی طرح جس کے باپ یا باپ کے باپ نے باگھ کے پینے والے ندی کے پانی کو گدلا اور جوٹھا کر دیا تھا۔

میز پر میرے سامنے بچھائے ہوئے اُس کے اخبار سے نظر اٹھا کر میں نے اُس کے منہ کی طرف دیکھا۔ یہ کالا جسے میں نے صرف کالے کی شکل میں ہی دیکھا ہے۔ آخر کالا سنگھ یا کالا رام ہے؟ لیکن کالا تو وہاں تھا ہی نہیں۔ نہ کالا سنگھ کی شکل میں نہ کالا رام کی شکل میں ـــــــــــ۔ وہ تو کالے خاں بن کر کھڑا تھا۔ میرے گاؤں والا کالے خاں۔ یہاں سے کتنے کوس دور بسے میرے گاؤں والا کالے خاں۔ آج سے کئی سال پہلے والا بلکہ کئی دہائی پہلے والا کالے خاں۔

میرے گاؤں والے کالے خاں کو مرے ہوئے تیس سال ہو گئے ہیں۔ لیکن اب وہ میرے سامنے کھڑا تھا مجسم اپنے پورے قد کاٹھ کے ساتھ۔ یہ کالے خاں تھا یا کالے خاں کا بھوت؟ مرے ہوؤں کے تو بھوت ہی ہوتے ہیں۔ اور بھوتوں کے بارے میں صرف سنا یا پڑھا ہی جاتا ہے۔ وہ کبھی دکھائی نہیں دیتے۔ اُن کے ساتھ کبھی کوئی آمنے سامنے نہیں ہوتا بس ان کے بارے میں باتیں آگے ہی آگے چلتی رہتی ہیں۔ اور اب جب تیس سال پہلے مرنے والے کالے خاں کا بھوت میرے سامنے کھڑا تھا تو ڈر سے پیدا ہونے والی کپکپی تو ایک بار سر سے لے کر پاؤں تک آ ہی جاتی تھی۔

کالے خاں جیسا کہ نام سے ہی ظاہر ہے۔ ہمارے گاؤں کے ایک مسلمان خاندان سے تھا۔ خاندان بھی کیا۔ جب سے میں اُسے دیکھ رہا تھا۔ وہ اکیلی جان تھا۔ بس جان ہی جان۔ دم کا دم۔ بیری کے ڈنڈے جوڑ کر بنائے گئے پھاٹک کو کھول کر وہ اپنے گھر کے آنگن میں داخل ہوتا تو گھر زندہ ہو اُٹھتا۔ نہیں تو سُونے کچے گھر کی لپائی سے محروم دیواریں۔ سچ مچ کسی بھوت کے گھر کی طرح جھائیں جھائیں کرتی رہتی تھیں۔

اتفاق سے اُس چھوٹی سی گلی کے سارے مکان ہی سکھ جاٹوں کے جانور باندھنے والے باڑے تھے یا بھوسا وغیرہ رکھنے والے کوٹھے۔ اور ان میں سے ایک یہ کالے خاں کا گھر تھا۔ لیکن گاؤں والے پتہ نہیں کیوں اُسے بھی کالے خاں کا گھر نہیں بلکہ کالے خاں کا باڑا ہی کہتے تھے۔ تب مجھے گاؤں والوں کی عقل پر ہنسی آتی تھی۔ لیکن اب مجھے لگتا ہے کہ ٹھیک ہی کہتے تھے۔ کالے خاں جیسوں کے گھر نہیں ہوتے باڑے ہی ہوتے ہیں۔

پیچھے ایک کچی کوٹھری تھی کہ جس کے چوڑی چوڑی دراڑوں والے تختے تھے۔ نہ کوئی کھڑکی نہ کوئی روشندان نام کی چیز۔ جب کبھی ہم چھوٹے چھوٹے لڑکے عام طور سے سُونی رہتی اس گلی سے گزرتے تو ان دراڑوں میں سے بھری دوپہر کے وقت جھانک رہا کوٹھری کا اندھیرا بڑا ڈراؤنا اور بھید بھرا لگتا۔ کبھی کبھی کوئی شیطان کالے خاں کے باڑے کے سامنے اچانک ساتھ والے دوسرے لڑکے کو اس کے پھاٹک کی طرف دھکا دے دیتا۔ باقی سب لڑکے بھوت بھوت کہہ کر بھاگ پڑتے اگرا ہوا لڑکا ڈرا ڈرا سا جلدی جلدی اُٹھتا اور کپڑے جھاڑتا اور گالی دیتا ہوا سب کے پیچھے پیچھے بھاگتا۔ وہ سچ مچ یوں گھبرایا ہوا ہوتا جیسے وہ کالے خاں کے باڑے کے پھاٹک سے نہیں بلکہ کسی بھوت پریت سے ہی جا ٹکرایا ہو۔

کوٹھری کے باہر دائیں طرف کالے خاں نے ایک شہتیر پر تھوڑی سی چھت ڈالی ہوئی تھی چھوٹی سی اس چھت کے نیچے صرف ایک کچا چولھا تھا اور اُسی کے سہارے کھڑا ایک پُرانا توا تھا۔ جو کناروں پر متواتر جلنے کی وجہ سے کہیں کہیں ٹوٹا ہوا تھا۔ بھوتوں کے ڈیرے کی طرح اس چولھے چوکے میں بھی اس وقت رونق ہوتی جب کبھی کالے خاں کو یہاں کچھ بنانا پکانا ہو۔ اس کی آٹا گوندھنے والی مٹی کی پرات، مٹی کی تھاپی، چمٹا اور پھکنی بھی اس سُونی چھت کے نیچے اپنی اوقات بھر زندگی کے رنگ بھر دیتے، اور جب وہ گھر سے باہر جاتے وقت یہ سب چیزیں سمیٹ کر کوٹھری میں رکھ جاتا تو بھوتوں کے اُجڑے ہوئے ڈیرے کی طرح صرف ادھ جلی لکڑیاں، یا سرکنڈے کے ٹکڑے رہ جاتے۔ یا چولھے کی اینٹوں میں پھنسی راکھ، جو ہوا کے بگولوں کے ساتھ سرک سرک کر آنگن میں بکھرتی رہتی۔

اب جب کالے خاں کا بھوت میرے سامنے کھڑا تھا۔ اس کے پیچھے سے کمرے کی دیوار غائب ہوگئی اور میری آنکھوں کے سامنے وہی کالے خاں کا باڑہ زندہ ہوگیا۔ اب کالے خاں میرے سامنے، میرے دفتر میں نہیں بلکہ اپنے باڑے کے آنگن میں کھڑا تھا۔ اپنی کوٹھری کے سامنے جس کے بند دروازوں کی چوڑی دراڑوں میں سے اندھیرا اب بھی اسی طرح جھانک رہا تھا۔

کالے خاں مسلمان تو تھا، لیکن کون مسلمان؟ ہمارے گاؤں کے مسلمان، سب کے سب نچلے طبقے سے تھے۔ کامگار، غریب سے، کمہار، تیلی، جولاہے۔ وہ گاؤں کے دوسرے گھروں کے اپنے اپنے حصے میں آنے والے کام دھندے کرتے۔ وہ مٹی کے برتن بناتے، سرسوں پیڑتے، اور کھدر کھیس بناتے۔ لیکن کالے خاں پتہ نہیں کن میں سے تھا۔ اگر اس کے باڑے کے پاس بسے ہوئے مسلمانوں کے گھر ہوتے تو

اس وقت میں اُنہی میں سے اندازہ لگالیتا لیکن اس کالو اکیلا بار اتھا۔ جاٹ سکھوں کے جانوروں کے باڑوں اور بھوسا وغیرہ رکھنے والے کوٹھوں کے بیچ۔ گاؤں والوں کو تو اس کی پشتوں کا پتہ ہوگا ہی۔ لیکن میں تو تب ابھی تک بچّہ تھا۔ اُس کی پشتوں کی بات میری نگاہ میں نہیں تھی۔ اب نہ یہ جاننے کا کوئی ذریعہ ہی ہے اور نہ ہی شاید اُس کی ضرورت ہے۔ کالے خاں خود کچھ بھی نہیں تھا۔ نہ کمہار نہ تیلی اور نہ جولاہا۔ ہاں اُس کے والدین یا والدین کے والدین، باگھ کا پانی گدلا اور جوٹھا کرنے والے بھیڑ کے بچے کے باپ، یا باپ کے باپ کی طرح ضرور کچھ ہوں گے۔ کمہار، تیلی یا جولاہے۔ لیکن اُس کے بڑے بزرگ کچھ بھی رہے ہوں۔ اس سے اصل بات میں کچھ بھی فرق نہیں پڑتا۔

کالے خاں کے ماں باپ کو میرے دیکھنے کا سوال کہاں تھا۔ میں جب گاؤں کے پرائمری اسکول میں میں تھا۔ کالے خاں بوڑھا ہو چکا تھا۔ دودھ سی سفید اُس کی داڑھی تھی، بالکل جگر سنگھ کی داڑھی جیسی جسے کیرتن کے وقت ڈھولکی بجانے کی وجہ سے گاؤں کے لوگ جگر سنگھ ڈھولکی والا کہا کرتے تھے۔ بس جگر سنگھ کی مونچھ داڑھی اور کالے خاں کی مونچھ داڑھی میں ایک فرق تھا۔ جگر سنگھ کی مونچھیں ثابت تھیں، بڑی بھری ہوئی ریشمی مونچھیں۔ اور کالے خاں کی مونچھیں ناک کے نیچے کٹی ہوتی تھیں، جو ہم چھوٹے چھوٹے بچوں کو تب بڑی عجیب سی لگتی تھیں۔

کالے خاں نے۔ یہ پورا نام کالے خاں بھی میں پتہ نہیں کیوں لینے لگ گیا ہوں۔ شاید پڑھ لکھ کر کچھ عزت سے بولنا آ گیا ہے۔ یا ایسے بولنے کی ایک عادت سی ہوگئی ہے۔ نہیں تو گاؤں تو سارا اُسے کالا ہی کہتا تھا۔ ہاں، گاؤں میں اُسے ملا کر کئی کالے تھے۔ لوگوں نے پہچان کے لیے ہر ایک کے ساتھ ایک ایک لفظ تعریف کے طور پر اور جوڑ لیا تھا۔ جیسے کالا رام دوکاندار کو جھنگے دام لے کر بھی کم تولنے کی وجہ سے وہ کالا چور کہتے تھے۔ کالا سنگھ جاٹ کو کھلے ہاتھ پاؤں کے ساتھ بے ڈھب جسم والا ہونے کی وجہ سے کالا ڈھونچل کہتے، کالا سنگھ حوالدار کو وقت بے وقت فوج کی باتیں کرتے رہنے کی وجہ سے اُسے کالا کمانڈر کہتے اور اس کالے کو کالا چوکیدار۔

اصل میں کالا اگر چوکیدار نہ ہوتا، کچھ بھی نہ ہوتا۔ وہ کالا کم تھا، چوکیدار زیادہ۔ یہ اس لیے نہیں تھا کہ کالے کو دو حرف لگتے تھے اور چوکیدار کو چار۔ ویسے بھی کالا اگر چوکیدار نہ ہوتا، کچھ اور ہوتا، کچھ بھی اور، کالا کمہار، کالا تیلی یا کالا جولاہا۔ کسی کو اس کے وجود کی طرف دھیان ہی نہیں دینا تھا۔ گاؤں کے نچلے

طبقے کے ساتھ گاؤں کے جاٹوں کی عورتوں کو ملنا برتنا رکھنا ہی پڑتا تھا۔مٹی کے برتن لینے، سرسوں کا تیل نکلوانے، یا کھدر کے کپڑے لیتے بنوانے کے لیے جٹیوں کو ہی اُن کے گھروں میں جانا آنا پڑتا یا وہ جٹیوں کے پاس آتی جاتی رہتیں۔کالا اگر چوکیدار ہونے کے بجائے کمہار، تیلی، یا جولاہا ہوتا تو جٹیاں بھلا سے ہوئے گھروں والے، بال بچے والے نچلے طبقوں والوں سے ملتیں برتتیں۔یا سونی گلی کے سُونے باڑے میں رہ رہے اکیلے چھڑے چھانٹ کالے سے؟ اسی لیے کالا چوکیدار اصل میں کالا کم تھا، چوکیدار زیادہ، بلکہ وہ تو صرف چوکیدار ہی تھا۔

کالے جیسا چوکیدار بیس بیس کوس تک نہ ہونے کے بارے میں تو مجھے یاد ہے۔گاؤں کے لوگ اکثر باتیں کیا کرتے تھے۔شاید میرے گاؤں کے لوگوں کی کلپنا کی اُڑان بیس کوس تک ہی ہو سکتی تھی۔ لیکن کیا معلوم کہ اُس سے دُور بھی کوئی اس جیسا تھا یا نہیں۔ اور بیس بیس کوس میں اُسے سب سے الگ اور بہتر بنانے والی اُس کی صفت تھی چوکیدار کے رُوپ میں اُس کی آواز۔

اگر کبھی کالے خاں بیمار پڑ جاتا یا کسی وجہ سے گاؤں سے باہر چلا جاتا اور گاؤں میں کوئی ڈھنڈورا دینا پڑ جاتا تو یہ کام مجبر مذہبی یا سرمچھونائی کے ذمے کیا جاتا۔ زور تو وہ بہت لگاتا لیکن بات نہیں بنتی۔ اُن کے ڈھنڈورے کے بول چار گھروں سے آگے نہ جا پاتے۔ اور بعد میں بس نحیف سی چیخ، کوک سی ہوا میں پھیل کر رہ جاتی۔ گاؤں کے لوگ بڑبڑ کرتے ہوئے پہلے انہیں اور پھر اُن کے پیدا کرنے والے کو گالیاں دیتے اور بعد میں ہاتھ کا کام یا تھالی میں پڑی ہوئی روٹی بیچ میں چھوڑ کر ڈھنڈورے کی بات جاننے کے لیے باہر نکل کر کہتے۔ ماں کیا چوکیدار ا، ڈھنڈرا دینے سے پہلے کچھ کھا پی لینا تھا۔آواز میں تھوڑی بہت جان پڑ جاتی"۔ اور پھر ڈھنڈورے والے کی بات جاننے سے پہلے ایک سوال کرتے۔

"کالے پر کون سی بجلی گر گئی آج؟"

کالے خاں شام کی خاموشی میں ایک جگہ کھڑا ہو کر ڈھنڈورا دیتا تو اُس کی آواز گھنٹی کی ٹھنکار کی طرح چاروں طرف دور دور تک پھیل جاتی۔

"کل کو..... تحصیلدار ـــ پکی دھرم شالہ آئے گا..... زمینوں کا انتقال کرانے والے پہنچیں..... بھائی اوے اوے" گنڈا سیوں گوڈل کی.... کالی ڈھال تلوار بھینس... گم ہو گئی.....

کسی نے کہیں ۔ ۔ ۔ ۔ ۔ دیکھی ہووے ۔ اے ۔ اے بھائی ۔ ۔ ۔ اوے ۔ ۔ اے ۔ ۔ اے ۔"
کانے کے ڈھنڈورے کی یہ آواز چھتوں پر پھیل جاتی ۔ سیڑھیاں اُتر کر آنگنوں میں بچھ جاتی اور دروازوں کھڑکیوں سے گزرتی ہوئی بیٹھکوں، برآنڈوں اور دالانوں میں جا پہنچتی ۔
اگر یہ آواز نہ ہوتی تو کالے خاں بھی چوکیدار نہ ہوتا ۔ وہ چوکیدار نہ ہوتا تو وہ کچھ بھی نہ ہوتا ۔ اُس جیسے نہ ہونے والے ہمارے گاؤں میں اور بھی بہت تھے ۔
اس آواز کا صدقہ کالے خاں کو اکثر کئی بار چاہے روٹی باہر ہی مِل جاتی اور اُسے خود ہاتھ نہ جلانے پڑتے ۔ سرکاری کاموں کے لیے یا گاؤں کے آپسی "ساجھے" کاموں کے لیے پٹواری، نمبردار یا سرپنچ ڈھنڈورا دینے کے لیے اُسے بلاتے تو پہلے روٹی اُس کے آگے رکھتے ۔ کھانی ہوتی تو وہ کھا لیتا نہیں تو پلے باندھ لیتا ۔ کئی مرتبہ لوگوں کے ذاتی کام کنڈا سنگھ گوڈل کی بھینس گم ہو جانے جیسے کام نکل آتے روپیہ دھیلی نقد کے علاوہ تب کالے خاں کو روٹی، دودھ بھی اُسی گھر سے مل جاتے ۔
ساری عمر اس نے اسی آواز کا دیا ہی کھایا تھا ۔ چھوٹے چھوٹے بچوں کو اس کی آواز بڑی نرالی لگتی ۔ ہم اس کے ڈھنڈورے کی نقل اُتارنے کی کوشش کرتے ۔ لیکن "اوے ۔ اے ۔ اے کہتے وقت آواز کے گلے میں بیٹھ کر چیخ سی بن جانے کی وجہ سے سارا پریوار ہم پر ہنسنے لگتا ۔
اور جس دن وہ موت کے منہ میں کھڑا تھا ۔ اُس دن بھی کسے اس آواز نے ہی اس کنویں سے نکالا تھا ۔ ۔ ۔ ۔"

۔ ۔ ۔ ۔ گاؤں صاف کر دیا گیا تھا ۔ ایک بھی مسلمان اب گاؤں میں نہیں رہ گیا تھا ۔ میرے ہم جماعت گورنام کا باپ منگل سیوں اور جنم پتری پڑھنے والا رام پرتاپ، چوپال میں یہ اعلان کرتے ہوئے باغ باغ تھے جیسے ان کا مقصد پورا ہو گیا ہو ۔ گاؤں کے کچھ مسلمان بھاگ گئے تھے اور باقی کا گاؤں کے اور ساتھ کے گاؤں کے بدمعاشوں نے کام تمام کر دیا تھا ۔ جو بھاگ کر فصلوں میں چھپ گئے تھے وہ بھی ڈھونڈ ڈھونڈ کر مار دیئے گئے تھے، عام لوگ رب رب کرتے اپنے گھروں کے اندر چھپے دن کاٹ رہے تھے ۔ بدمعاشوں کا بول بالا تھا اور ان کے چوہدری منگل سیوں اور پنڈت رام پرتاپ تھے ۔
تب مجھے اس مار کاٹ کی زیادہ جانکاری نہیں تھی ۔ سب کچھ بڑا عجیب عجیب اور ڈراونا ڈراونا

سا تو لگتا تھا لیکن سمجھ میں نہیں آرہا تھا۔ اب لگتا ہے کہ تب منگل سیوں صرف منگل سیوں نہیں ہوگا اور رام پرتاپ صرف رام پرتاپ نہیں ہوگا۔ اصل میں منگل سیوں ہمارے گاؤں کے سکھوں کا خودساختہ چوہدری ہوگا اور رام پرتاپ ہمارے گاؤں کے ہندوؤں کا۔ اتفاق سے دونوں کے گھروں کے لیے ہماری گلی میں سے گزر کر جانا پڑتا تھا۔ جب اُن میں سے کوئی اُن دنوں گھر لوٹتا۔ ان کے کپڑوں کا رنگ لال ہوا ہوتا۔ اُس کی مونچھوں میں بل پڑے ہوتے اور اس کے ہاتھوں میں گٹھریاں اور پوٹلیاں ہوتیں۔ منگل سیوں کی داڑھی اُلجھی ہوئی ہوتی اور رام سروپ کی داڑھی کے بال ٹیڑھے ہوئے ہوتے۔ جب دونوں میں سے کوئی نکلتا تو ہمارے پریوار کے لوگ اگر ڈیوڑھی میں بیٹھے ہوتے یا گلی میں کھڑے ہوتے تو اِدھر اُدھر ہو جاتے یا منہ دوسری طرف کر لیتے۔ ان کو بُلاتے نہ۔ ہم بچوں کو ان سے عجیب ڈر سا لگتا تھا۔ وہ بھی کسی سے کچھ نہ بولتے۔ بس ڈگر ڈگر قدم اُٹھاتے اپنے گھروں میں داخل ہو جاتے۔

ہاں! جب منگل سیوں اور پنڈت رام سروپ نے چوپال میں آکر سارے مسلمانوں سے سارے گاؤں کے صاف ہو جانے کا اعلان کیا۔ اتفاق سے اس وقت ہم کچھ لڑکے وہاں زمین کھود کر چھوٹے سے سُوراخ میں کنچے اور ریٹھے ڈالنے کا کھیل کھیل رہے تھے۔ ہم بھی اپنے اپنے کنچے اور ریٹھے جیب میں رکھ کر لوگوں میں آ کھڑے ہوئے۔ ہمیں ان سب باتوں سے ڈر بھی بہت لگتا تھا، لیکن کچھ جاننے کی خواہش سی بھی بنی رہتی۔ وہ دونوں خوش بھی تھے اور کچھ ایسے بھی تھے جس کی اُس وقت بچپن میں مجھے سمجھ نہیں آئی تھی۔ لیکن جیسے اب میں تناؤ سے آزاد ہونے کی کیفیت کہہ سکتا ہوں۔ جو آدمی کو کسی مقصد کے پورا ہو جانے پر حاصل ہوتا ہے۔ لیکن اُن کی بات سُن کر کچھ آدمی جن کو ہم کاکا، تاؤ، چاچے یا بھائی کہتے تھے۔ ہرے رام، واہیگورو کہتے ہوئے اُٹھ کر چلے گئے۔ بیٹھے رہ جانے والوں میں جن میں زیادہ تر لچے لفنگے یا لونڈے لپاڑے ہی تھے۔ بھانے نے کہا، کیوں بھئی منگلا ہیں بھئی رام پرتاپ، کہتے ہیں اوپر کوئی رب بھی ہے۔"

"مجھے تب بھانے کی یہ بات بڑی عجیب لگی تھی۔ بڑی بے موقعہ۔ کہاں بوڑھی کا مرنا، کہاں وہ دونوں کیا باتیں کر رہے تھے اور کہاں بھانے کو ان سے رب کا گیان لینے کی پڑی ہوئی تھی۔ لیکن رام پرتاپ تو پنڈت تھا۔ پڑھا لکھا بھی تھا۔ وہ سب باتوں کو جانتا اور سمجھتا تھا۔ چاہے کوئی کچھ پوچھ

رہتے۔ یہ کچھ ہفتوں سے مسلمانوں کو مارنے والے کام میں پڑنے سے پہلے وہ جنم پتریاں پڑھا کرتا تھا۔ گاؤں کے کسی بھی گھر سے جب اسے بلاوا آتا' وہ کندھے پر لال ہردوار کا گمچھا رکھ کر اور کرالی والے جیوتشی کی بنائی ہوئی جنتری اٹھا کر جا پہنچتا۔ وہ لوگوں کے کام کے لیے شبھ دن اور وقت نکالا کرتا تھا اور ان کی مشکلیں دور کرنے کے لیے اپائے بتایا کرتا تھا۔ اور منگل سیوون بھی روز ہی اخبار سے مغز پچی کیا کرتا تھا۔ کچھ تو جانتا ہی ہوگا۔ بھانے کی بات کے جواب میں دونوں ہاتھ پر ہاتھ مار کر ہنس پڑے اور اکٹھے ہی بولے ۔"کر دی نہ مورکھوں والی بات ۔ اوپر والے کے حکم سے ہی تو یہ سب کچھ ہو رہا ہے۔ اس کے حکم کے بناں کوئی پتہ ہلا کر دکھا دے۔"

یہ رب روب کی باتیں ہم چھوٹے بچوں کو بڑی پھیکی لگیں بے رس۔ ہم پھر کھیلنے کے لیے تھوڑا سا ہٹ کر زمین میں نیا سوراخ بنانے لگے۔ جسے ہم کھتی کہا کرتے تھے۔ یہ کھتی ابھی پوری کھودی بھی نہیں گئی تھی کہ ہمیں پھر چوپال میں آنا پڑا۔ اچانک شور سا پڑ گیا تھا۔ ہم نے دیکھا کہ تارا غنڈا اور ماگھی لوگھڑا کہیں سے کالے چوکیدار کو پکڑ کرے آئے تھے۔ کہہ رہے تھے وہ ابھی تک کہیں چھپا پڑا تھا اور خود ہی باہر نکل آیا تھا۔ لیکن وہ باہر نکلا کیوں؟ تارا اور ماگھی اس کے باہر نکلنے کی وجہ جب گیدڑ کی موت آتی ہے وہ گاؤں میں آجاتا ہے" کہہ رہے تھے۔ لیکن مجھے یہ بات سمجھ میں نہیں آرہی تھی۔ چھپا ہوا تھا تو بیٹھا رہتا۔ مجھے کالے چوکیدار کی مورکھتا پر غصہ آیا۔ تب میں یہ نہ سوچ سکا کہ وہ بھوک پیاس کا ستایا ہوا باہر نکلا ہوگا۔ وہ تبھی ہی باہر نکلا ہوگا جب اس کا چھپ کر بیٹھے رہنا ناممکن ہوگیا ہوگا۔ باہر تو موت اس کا انتظار کر رہی تھی اور موت کے منہ میں جانے کو کس کا دل کرتا ہے۔ وہ باہر نکلا اور تارے لفنڈ اور ماگھی لنگڑے کے ہاتھ لگ گیا۔

جب میں نے ڈرتے ڈرتے کالے چوکیدار کو نزدیک ہوکے دیکھا تو پتہ نہیں کیوں مجھے اپنی بھینس یاد آگئی۔ کئی بار وہ کھڑی رہتی' لیکن دودھ نہ اتارتی۔ یا بھوکی ہوتے ہوئے بھی من پسند چارا نہ ہونے کی وجہ سے اسے منہ نہ لگاتی۔ ایسے موقعوں پر میرا باپو لاٹھی پکڑ لیتا اور دو چار مار دیتا۔ لاٹھی کی ہر چوٹ کے ساتھ بھینس ادھر ادھر بھاگتی اور باپو سے دور ہونے کی کوشش کرتی۔ لیکن بندھی ہوئی بھاگ کہاں سکتی تھی۔ سنگلی کی لمبائی سے دور کہاں جاسکتی تھی؟ میرا باپو لاٹھی روک لیتا تو وہ پوری زنجیر کھینچ کر پیچھے کو ہٹتی ہوئی بہت ہی خوفزدہ ڈری ہوئی نظروں سے اس کی طرف دیکھتی۔ اس وقت کالے خاں کا

منہ بالکل ہماری بھینس کے اس وقت کے منہ جیسا تھا۔

باہر نکل کر تارے اور ماگھی کے ہاتھ لگ جانے کی اُس کی بیوقوفی سے پیدا ہونے والی حیرانی کے علاوہ مجھے کالے چوکیدار کے سلسلے میں ایک اور حیرانی بھی ہو رہی تھی۔ وہ ڈری ہوئی بھینس کی طرح پھٹی پھٹی نظروں سے دیکھتا ہوا مرا مرا سا سب کے بیچ میں بیٹھا ہوا تھا لیکن نہ تو وہ چھوڑ دینے کے لیے منتیں کر رہا تھا اور نہ ہی کچھ اور کہہ رہا تھا۔ اب سوچتا ہوں، شاید اُس میں اُس وقت اتنی ہمت بھی نہیں رہ گئی تھی کہ منت ترلا کرے آخر منت ترلا کرنے کے لیے بھی تو آدمی میں کچھ دم جان چاہیے۔

اور کالے کی جان اب منگل سیون اور رام پرتاپ کے ہاتھ میں تھی۔ تارے لفنڈا اور ماگھی لنگڑے نے مقدمہ اُن کے حوالے کر دیا تھا۔ ہم سہمے ہوئے پیچھے ہٹ گئے اور دیکھنے لگے کہ وہ کیا فیصلہ دیتے ہیں اور کالے چوکیدار کا کیا بنتا ہے۔

بھانے جیسے لوگوں نے منگل سیون اور رام پرتاپ کو اور پاپ نہ کرنے کی صلاح دی۔ بھانے نے تو ہم بچوں میں کھڑے اپنے بھتیجے کو کئی دن سے بھوکے پیاسے کالے کے لیے گھر سے دودھ لانے کے لیے بھیج دیا۔

لوگ بھانت بھانت کی باتیں کر رہے تھے۔ اصل میں لوگ اب وہاں کون سے تھے۔ ایسے ہی لونڈے لپاڑے۔ لوگ تو منگل سیون اور پنڈت رام پرتاپ کو دیکھ کر گھروں کو چلے گئے تھے۔ بات ڈھنڈورے پر آگئی کہاں ملتا ایسا ڈھنڈورا پیٹنے والا چوکیدار۔ گھنٹی کی طرح کھنکتی آواز والا چوکیدار۔

رام پرتاپ بولا۔ ہم نے تو اب گاؤں پوتر ہوا سمجھ کر ہون کی ویدی اُکھاڑ دی۔ دوبارہ کہاں "پنگا" کریں گے۔ منگل سیون نے بھی کہا۔ "ہم بھی ششتر ٹانگ چکے۔"

ہم بچوں نے سوچا کالے چوکیدار کو مارا نہیں جائے گا۔ ہم پھر آگے ہو کر سب کچھ دیکھنے سُننے لگے۔ آخر فیصلہ ہوا کہ آج گاؤں میں لونڈے لپاڑوں اور چھڑے چھانٹوں کی اِدھر اُدھر سے لائی ہوئی مسلمانیوں کو جب ہندو۔ سکھ بنایا جائے۔ ساتھ ہی کالے خاں کو بھی ہندو یا سکھ بنا لیا جائے۔ نہیں تو گاؤں میں ڈھنڈورا کون دے گا۔

" کالے خاں ہندو نہیں بن سکتا۔"

پنڈت رام پرتاپ نے اپنا ہردواری انگوچھا جھنڈے کی طرح لہراتے ہوئے انکار کیا۔
"کیوں بھئی پنڈتا مسلمانی سے ہندنی بن سکتی ہے؟ بھانے نے پوچھا۔
"ہاں۔ وہ بن سکتی ہے لیکن مسلمان ہندو نہیں ہو سکتا۔" پنڈت رام پرتاپ نے بتایا۔
"پنڈتا۔ یہ کیا بات ہوئی۔؟" کئی لوگوں نے ایک ساتھ پوچھا۔
"عورت کا کوئی دھرم نہیں ہوتا۔ جو بنا لو۔ وہی بن جاتی ہے۔" پنڈت رام پرتاپ نے بھید سمجھایا۔
"لے۔ یہ کیا بات ہوئی۔ کہتا ہے۔ عورت کا کوئی دھرم نہیں ہوتا۔ وہ کیا ہندو، مسلمان یا سکھ نہیں ہوتی؟ دھرم کیوں نہیں ہوتا عورت کا۔" بھانے کا شک پنڈت رام پرتاپ سے دور نہ ہو سکا۔
"بس شاستروں میں لکھا ہے اور شاستر بھائی بھانا سیاں میں نے تو لکھے نہیں جو ہر بات سمجھا دوں۔ بس بزرگوں نے جو کچھ لکھ دیا۔ ہم تو اسی پر عمل کرتے ہیں۔" پنڈت رام پرتاپ کچھ جھنجھلا سا گیا تھا۔
"پھر تو بھئی بڑے چست ہیں تمہارے شاستر۔ میٹھا میٹھا کھاتے ہیں اور کڑوا تھوک دیتے ہیں۔" بھانے نے کہا اور چوپال میں کھڑے سب لوگ کھکھلا کر ہنس پڑے۔ صرف ایک سب کے بیچ بیٹھا ہوا کالا نہ ہنسا۔
بیٹھا بھی کہاں تھا وہ۔ بس گرا سا پڑا تھا۔ بیٹھے رہنے کے لیے تو اس کے اندر طاقت ہی ہی نہیں تھی۔
الجھن تو اس وقت بھانے کی طرح مجھے بھی پڑی ہوئی تھی کہ مسلمانیاں ہندنیاں بن بن سکتی ہیں تو مسلمان بھی کیوں ہندو نہیں ہو سکتے۔ اور پنڈتا پرتاپ کی بات بھانے کی طرح مجھے بھی نہیں جچی تھی۔ پنڈت رام پرتاپ تو گرنتھوں کو پڑھنے والا ہے۔ ٹھیک ہی کہتا ہوگا۔
اسی وقت منگل سیوان نے بات ختم کرتے ہوئے سب کی الجھن ختم کر دی۔ "ٹھیک ہے۔ کالے کو ہم نیا جنم دیں گے۔ سنگھ سجائیں گے۔ امرت پلا کر سکھی کی پانچوں نشانیاں پہنائیں گے۔"
"کیوں بھائی کالیا۔ منظور ہے۔؟"

منگل سیون اور پنڈت رام پرتاپ نے ایک ساتھ پوچھا۔

کالے نے اپنے کانپتے ہوئے دونوں ہاتھ جوڑ دیے۔ ہاتھ جُڑے بھی کہاں۔ ایک دوسرے سے بالشت بھر کے فاصلے پر ہوا میں لٹکتے ہوئے کانپتے رہے۔ مکڑی کے جالے سے لٹکے ہوئے، پیڑ سے ٹوٹے ہوئے سُوکھے پتوں کی طرح۔ شاید ان میں جڑنے کی بھی سکت نہیں تھی۔ اس نے کچھ بولنا چاہا لیکن کچھ بول نہ سکا۔ بس، ہونٹ نام بھر کو پھڑک کر رہ گئے۔ اب اُس کے مُنہ کی طرف دیکھ کر مجھے اپنی بھینس کا اس وقت کا منہ یاد آیا۔ جب میرا باپو اسے دو چار لاٹھیاں مار کر چھپر میں باندھنے کے لیے لاٹھی کندھے پر رکھے باہر ہو جاتا تھا تو وہ سمجھ جاتی تھی کہ اب اور مار نہیں پڑے گی۔

اتنے میں بھانے کا بھتیجہ نیم گرم دودھ لے آیا ہا کانپتے ہاتھوں سے لپک کر کالے نے گلاس منہ کی طرف کیا تو بھانے نے ٹوک دیا۔

"صبر سے، چوکیدارا۔ آہستہ آہستہ۔ بوند بوند کر کے پی۔ نہیں تو خالی کلیجے میں سانپ کی طرح ڈنک مارے گا۔"

.... اور پھر اُس دن کالے خاں، کالے سنگھ بن گیا۔

ہمیں اُس کے نام کے بدلے جانے کے علاوہ اُس میں کوئی خاص فرق دکھائی نہیں دیا۔ اُس کے کپڑے لتے پہلے جیسے ہی ہوتے۔ وہی کھدر کا کرتا، بس اُس کے اوپر ایک کرپان لٹکتی رہتی تھی۔ وہی کھدر کا صافا۔ بس اب وہ سفید کی جگہ نیلے رنگ کا ہو گیا تھا۔ وہی کھدر کی دھوتی اور وہی چمڑے کے جوتے۔ ہاں اس نے اپنی ناک کے نیچے مونچھیں صاف کرنی بند کر دی تھیں۔ اب اُس کی مونچھیں بھی بالکل جگر سیوں ڈھولی والے جیسی ہو گئی تھیں۔ داڑھی تو پہلے ہی اُس کی داڑھی جیسی تھی۔

کالے خاں سے کالا سنگھ بننے میں اُسے خود بھی کوئی لمبا چوڑا فرق پڑا نہیں لگتا۔ اندر من میں چاہے کوئی فرق پڑا ہو۔ لیکن تب مجھے ان باتوں کی، اس اندر کے فرق کی سمجھ نہیں تھی۔ پہلے بھی لوگ اس کو کالا چوکیدار کہتے تھے، اب بھی کالا چوکیدار ہی کہتے رہے۔ نہ اسے پہلے کوئی کالے خاں کہتا تھا اور نہ اب اُسے کسی نے کالا سنگھ کہنا شروع کیا۔ پہلے کی طرح وہ سرکاری، پنچایتی اور دوسرے ڈھنڈورے دیتا رہتا۔

اس کی چال میں کچھ دیر لرزش رہی پھر سنبھل گئی ۔ اس کی آواز کچھ دیر ڈھیلی سی رہی ۔ لیکن پھر پہلے کی طرح کھنکنے لگی ۔ جیسے کسی سوکھ رہے بوٹے کو پانی دیں تو اس کے پتے کچھ دیر تو مرجھائے مرجھائے سے رہتے ہیں ۔ لیکن پھر کچنار کی طرح لہک پڑتے ہیں اسی طرح وہ پہلے کی طرح رہنے، پہلے کی طرح کام کرنے اور پہلے کی طرح ہنسنے بولنے لگ پڑا تھا۔

اور جب میں گاؤں کے نزدیک والے شہر سے دسویں کر رہا تھا، کالا، جو بھی تھا وہ 'کالے خاں'، یا کالے سنگھ' ایک دو دن بیمار پڑ کر مر گیا ۔ ہم اسکول سے لوٹتے پڑھنے والے لڑکوں نے گاؤں کے باہر شمشان میں آگ جلتی دیکھی تو پوچھنے پر پتہ چلا کہ وہاں کالا چوکیدار پھونکا گیا تھا۔

کچھ سالوں بعد کالے خاں کو کالے سنگھ کے روپ میں بدلنے والے کہانی کے دو اہم کردار منگل سیون اور پنڈت رام پرتاپ بھی چلتے بنے ۔ منگل سیون کچھ دیر پاگل ہو کر گلیوں میں اُدھ پھٹے کپڑے پہنے پھرتا رہا اور پھر اچانک غائب ہو گیا ۔ کچھ دنوں بعد اس کی بدبودار لاش گاؤں کے باہر اُجڑے کنوئیں سے ملی ۔ کچھ وقت کے فاصلے سے پنڈت رام پرتاپ چھاتی پر ہوئے ناسور کے پھوڑے سے بہت دنوں تک تڑپنے کے بعد مر گیا۔

گاؤں میں عام آدمیوں کی " آئی " موت کے ساتھ ساتھ کوئی کوئی موت بن آئے بھی ہو ہی جاتی ہے ۔ لیکن گاؤں کے لوگوں کا یقین تھا کہ منگل سیون کا پاگل ہونے کے بعد گلیوں میں کتوں کی طرح خوار ہونا اور پھر اُجاڑ کنوئیں میں گر کر مرنا اور پنڈت رام پرتاپ کا ناسور کے پھوڑے سے گل گل کر تڑپ تڑپ کر ختم ہونا، ان کے گھور پاپوں کا پھل تھا۔

اسی طرح کالے خاں یا کہہ لیجیے کہ کالا سنگھ والی کہانی کے تینوں اہم کرداروں کے مرجانے سے یہ بات ایک طرح سے ختم ہی ہو گئی تھی۔

لیکن اب جب پنجاب کی دھرتی پر دراڑیں پڑنے لگیں تو کالے خاں جیسے لوگ بھی اکثر یاد آنے لگے ۔ جو خود کبھی پانی گدلا یا جھوٹا نہیں کیا کرتے، لیکن جن کو اپنے باپ یا اپنے باپ کے باپ، یا شاید اس کے بھی باپ کے پانی کو گدلا کرنے یا جھوٹا کر لینے کے من گھڑت گناہ کی سزا نردوش ہونے کے باوجود بھگتنی پڑتی ہے۔

کالے خاں اور اس جیسے لوگ یاد آتے تو ساتھ ہی مجھے منگل سیون اور پنڈت رام پرتاپ

کی یاد آجاتی ہے۔ سینتالیس کے فساد میں وہ اتحادی فوج کے جرنیل تھے۔ لیکن وہ اگر زندہ ہوتے تو اُنھوں نے ایک دوسرے کی دُشمن فوجوں کے کمانڈر ہونا تھا۔

کالے چوکیدار کی چتا کو میں نے اپنی آنکھوں سے جلتے دیکھا تھا تیس سال پہلے۔ لیکن میرے سامنے وہ مجسم کھڑا تھا۔ بہت دیر ہوئی منگل سیون سُوکھے کنوئیں میں گر کر اور پنڈت رام پرتاپ چھاتی پر ہوئے ناسُور، پھوڑے کا نرک بھوگ کر مر گئے تھے۔ لیکن کالے خاں کا ایک بازو منگل سیون نے پکڑا ہوا تھا اور دوسرا رام پرتاپ نے۔

ہاں منگل سیون اور رام پرتاپ کے بھوتوں نے کالے چوکیدار کے بھوت کے بازوؤں سے پکڑا ہوا تھا۔

"صاب! کون سی باریکیوں میں پڑ گئے، بس ایسے موٹا حساب ہی بتا دو۔" کالے چپراسی نے مجھے سوچ کی نیند سے جگا کر کہا۔

وہ میرے سامنے رکھے ہوئے اخبار میں چھپے اشتہار جیسا ایک چھپوانا چاہتا تھا۔ اور مجھ سے اُس کے طریقے اور اُس پر آنے والے خرچ کے بارے میں پوچھ رہا تھا۔

میرے دیکھتے دیکھتے منگل سنگھ اور پنڈت رام پرتاپ کے ہاتھوں میں پکڑا ہوا کالے خاں چوکیدار کا چہرہ کالے چپراسی کے چہرے میں بدلنے لگا۔ منگل سیون اور پنڈت رام پرتاپ کے بھوت کالے چپراسی کو اپنی اپنی طرف کھینچ رہے تھے۔ دونوں کی طرف سے کھینچے جانے کی وجہ سے بڑے ہوتے جا رہے چہرے کے ساتھ کالا چپراسی مجھے کہہ رہا تھا۔

"میں آپ کی گلی کے باقی سارے گھروں جیسا ہو جاؤں ...... ساری گلی میں ایک ہمارا گھر ہی ......"

میں نے اس سے اپنے سامنے رکھا ہوا "نام کی تبدیلی" کے اشتہار والا اخبار پھاڑنے کے لیے ہاتھ بڑھانا چاہا۔ لیکن اس سے پہلے ہی دونوں طرف سے کھینچے جانے سے پھٹتا جا رہا کالے کا چہرہ میرے اپنے چہرے میں تبدیل ہو گیا۔ میں نے کانپتے ہوئے منگل سیون اور پنڈت رام پرتاپ کے بھوتوں کی طرف دیکھا۔ ان کو بھی میرے چہرے لگے ہوئے تھے۔

○

بہت ہی نازک احساس کی کہانی ہے۔" ننگے پاؤں کی چاپ"
چندن نیگی نے عورت ہونے کا حق نبھایا ہے اس کہانی کے لکھنے میں۔ ایک عورت ہی عورت کے اندرونی احساسات کو اس خوبی سے کہانی کے تانے بانے میں بن کر اُجاگر کر سکتی ہے۔

ایک عورت نے جوانی کے دنوں سے بڑھاپے تک کی بیوگی کا سفر یوں گزار دیا۔ جیسے وہ ننگے پاؤں تپتے ہوئے ریگ زاروں سے گزر رہی ہو۔ ایسے میں اُس کے قدم کہیں نہیں ڈگمگائے لیکن عمر کے آخری دور میں جب اُس کے ہاتھوں کی ڈنگوری بھی لرزنے لگی ہے۔ وہ اپنے اندر کہیں مرد کے سہارے کی ضرورت محسوس کر رہی ہے۔
اس عورت کا یہی درد ننگے پاؤں کی چاپ بن کر چندن نیگی کی کہانی میں اُبھرتا ہے۔

چندن نیگی

ننگے پاؤں کی چاپ

پُرسے سے لوٹتی تائی کی ٹانگیں کانپنے لگیں۔ ڈنگوری کے سہارے بھی قدم اٹھائے نہ گئے۔ وہ نظریں نیچی کیے اپنے ننگے پاؤں کی طرف دیکھتی قدم گھسیٹتی گئی۔ پھر ڈنگوری کے سہارے کھڑی ہوگئی۔ دوپہر کے سائے ڈھل رہے تھے۔ پھر اُس نے موٹی بھاری عینک کے اوپر ہاتھ کا چھپر بنا کر دیکھا۔ چیت سنگھ تو دو چار قدم آگے نکل گیا تھا۔ اُس نے کچھ سوچا اور موٹی سفید چادر سے ڈھکی سفید، ریشمی چمکیلی، پکی کھچڑی سر کی چمڑی سے چمٹی بالوں کی لٹوں پر ہاتھ پھیرا اور سفید چادر کو ٹھیک کرتے ہوئے ماتھے تک کھینچ لیا۔

ڈھلے ہوئے سانولے ماس پر عمر بھر کے گھسے پٹے ماتھے پر سفید دودھ سی بھوؤں کے پاس چادر کے سائے کی ایک لکیر سی کھنچ گئی۔ چیت سنگھ کی جھکی ہوئی کمر کانپتے ٹرڈگمگاتے قدم اور سوٹی کی ٹک ٹک کو کھڑی ہوکر وہ سنتی بھی رہی اور کچھ سوچتی بھی رہی۔ نہر کے کنارے کنارے اونچا نیچا راستہ، روندی ہوئی گھاس، گھاس کے تنکوں پر پڑتے ہوئے قدموں سے گھسی ہوئی پگڈنڈی اور تائی کے ننگے پاؤں۔ ان ننگے پاؤں کو تو اب پتھریلی نوکوں، کانٹوں اور کنکروں کی چبھن کی عادت پڑ گئی تھی۔ اب تو کسی بھی چبھن سے درد نہیں ہوتا تھا۔ پاؤں کی ایڑیاں تو پتھر ہوگئی تھیں۔ ایسے جیسے جلتی دھوپ اور اولوں دونوں کی مار سے پتھر کالے پڑ کر جگہ جگہ سے پھٹ جاتے ہیں۔ نہ کسی چبھن کا احساس، نہ تپتی ہوئی ریت سے جلن۔

لمبی عمروں سے تھکے تھکائے دو جسموں کے سائے، نہر کے پانی کے اوپر تیرتی لہروں کے اوپر چلتے یہ سائے۔ سیدھی راہ چلتے پانی پر بہتے یہ سائے۔ کبھی کبھی ان کے آگے آگے ہو جاتے۔ کبھی ان کے پیچھے چلنے لگتے۔ آہستہ آہستہ قدم اٹھاتی نانی کی آواز سن کر جیت سنگھ کھڑا ہو گیا۔

"میں نے کہا۔ بیر کے باپو۔۔۔۔ مجھے تھام لو۔۔ آگے کھائی ہے۔۔۔ مجھ سے نہیں۔۔۔

اور اس نے کمر کے پاس سے دایاں بازو اٹھا کر جیت سنگھ کی طرف بڑھا دیا۔

ہاتھ ابھی خلا میں کھڑا تھا۔ جیت سنگھ کے قدم جیسے وہیں رک گئے۔ ایک پاؤں زمین پر اور دوسرا زمین سے تھوڑا سا اونچا۔ وہ پتھرا گیا ہو۔ جیسے زمین کی کسی مقناطیسی کشش نے اس کے قدم جہاں کے توں جکڑ لیے ہوں۔ اس نے کندھے سے لپٹی چادر کو کھولا اور پھر اچھی طرح اپنے اوپر اوڑھ لیا۔ باری باری اپنے دونوں جوتوں سے راستے کی مٹی اور ریت جھاڑی جوتے کی نوکوں کو دھرتی کے سینے سے ٹھونکا۔ عینک کی کمانیوں کو دونوں ہاتھوں سے کانوں کے پیچھے دبایا۔ جیت سنگھ نے جھریوں بھرے پیلے، پتلے، لمبے ہاتھوں کی انگلیوں کو مروڑا اور آنکھوں کی کونوں کو ذرا سا سکوڑ کر پیچھے دیکھا۔ جسم کے گرد لپٹی ہوئی سفید چادر کی سلوٹوں کے عینک کے شیشے چمکے۔ وقت کے تیکھے ناخنوں سے چھلا، سانولا پتلا ہاتھ! جیسے ہاتھ کی ہڈیوں پر پتلی سانولی جھلی مڑھی ہو۔ اور سوکھا ہاتھ سہارے کے لیے کانپ رہا تھا۔

اس عمر میں جب سارا زور طاقت ختم ہو گئی تھی، خود کو سنبھالنا تو کیا۔ ڈنگوری بھی کانپ رہی تھی۔ جسم کا کوئی بھی حصہ اپنے قابو میں نہیں تھا۔ ایسے میں اپنے آپ ہلتے ہوئے یہ پیر ہاتھ، پاؤں، سر کانپتے بازو کو اس نے ذرا سا اٹھایا، اور اس کی پانچوں انگلیاں الگ الگ کھڑی ہو گئیں۔ جیت سنگھ کے ہونٹ تو ہلے تھے۔ لیکن آواز اس کے کانوں تک نہیں پہنچی تھی۔ ہاتھ کی ہتھیلی سے ہی ٹکرا گئی تھی۔ جیت سنگھ کو لگا جیسے نہر کا پانی الٹی طرف بہنا شروع ہو گیا ہو، چڑھائی کی طرف۔ اس نے آنکھیں سکوڑ کر دیکھا۔ پانی کی چھاتی پر دو تنکے ہچکولے کھاتے، ڈوبتے، تیرتے، ٹکراتے آگے بڑھ گئے۔ دور۔

وہ اپنی درد بھری آواز میں جیسے پھر گرلائی تھی۔" آگے کھائی۔۔۔ ہے۔ میں نے کہا" عمر

کے آخری ٹھہراؤ پر مرد کے سہارے کے لیے ہواؤں میں کانپتا ہاتھ ۔ ۔ ۔ اور ساتھ ساتھ کبھی آگے کبھی پیچھے آہستہ آہستہ قدم اٹھاتی وہ جیت سنگھ کی بھاوج تھی ۔ بڑی بھوجائی کلونت کور ۔

جس دن کلونت کور بیوہ ہو کر سر سے ننگی ہوئی تھی ۔ اسی دن اُس نے پاؤں سے بھی ننگا رہنے کی قسم کھائی تھی ۔ سر سے ننگا تو موت نے کیا تھا ، پاؤں سے ننگا اُس کی ضد نے اس کی لال جوتی کی تو ابھی چمک بھی نہیں مری تھی ۔ لال شنیل پر تلّے سے کڑھے ہوئے پھولوں کا ابھی کوئی دھاگا بھی نہیں اُکھڑا تھا ۔ داج اور بری کے ابھی ٹانکے نہیں ٹوٹے تھے کہ تیز بخار نے دیو سنگھ کو آجکڑا تھا ۔ حکیم ، وید ، ٹونے ، ارداسیں ، کچھ بھی راس نہ آیا ۔ تیز بخار کی بیہوشی میں دیو سنگھ نے آنکھیں کھولیں ۔ آنکھوں سے اس کی طرف دیکھ کر ہونٹ ہلائے تھے " وِنتا " اور اُس وقت کلونت کور کے دل میں آئی تھی کہ سب کو کمرے سے باہر نکال دے ۔ ۔ ۔ ۔ مجھے اس کی چھاتی پر سر رکھ کر آواز سُننے دو ۔ ایک بار اسے اچھی طرح میری چھاتی سے لگ جانے دو ۔ باہر ہو جاؤ ۔ باہر ۔ دیواروں کی آڑ میں ۔ "

بوندلی اور گھبرائی ہوئی وِنتا نے گردن پر ہاتھ رکھ کر اپنی آواز کو دبا لیا اور دیوا سنگھ کے کندھے کے پاس جا کر رُک گئی ۔ دونوں کچھ نہیں بول سکے تھے ۔ وِنتا کی چڑھتی جوانی کا سورج کالا پڑ گیا تھا ۔ سورج کے گرد گہن اور ہر طرف اندھیرا ۔ غبار ، موت اور ہوا کے اندھے جھکولے میں گھری دیوا سنگھ کی وِنتا ، کلونت کور سر سے ننگی ہو گئی تھی ۔

سر سے ننگی ، پاؤں سے ننگی کو دو چار عورتوں نے سہارا دیا تھا اور وہ اسی دھرتی پر رنگیتی دریا کے اس کنارے پہنچی ، جہاں پہلی بار دیوا سنگھ کے ساتھ ساتھ چلتے ہوئے اُس نے ساری زمین اپنے قدموں سے ناپی تھی ۔ وہ نیم کے درخت تک ، وہ اپنی منڈیر " وہ ساری زمین دور دور تک چلتے ہوئے دونوں نے پاؤں تلے روندی تھی ۔ نمولیوں کے دن تھے پیلی زرد " نمولیاں " کڑوی نیم سے لگی میٹھی نمولیوں سے اُس نے اپنی اوک بھر لی تھی ۔ کھیتوں کی یہ ساری دھرتی تو اپنی تھی اور اپنی دھرتی سے ننگے پاؤں میں کنکر چبھے تھے ۔ اپنی ہی دھرتی کی گرم مٹی سے جھلسے تھے ۔ کومل نرم سے پاؤں میں پتھروں کنکروں کی تیکھی نوکیں انگاروں کی طرح چبھتی تھیں ۔ اندر کھینچے ہوئے سانس کے کبھی نہ لوٹ پانے کی اُمید میں وہ اپنا ہر قدم اُٹھاتی رہی ۔ سانس لوٹتے

رہے تھے۔ کنکر پتھر پاؤں میں چبھتے رہے تھے، اور سروں کے سمندر میں وہ بھی بہے جا رہی تھی۔

دریا کے کنارے ایک جگہ پہنچ کر سب کھڑے ہو گئے تھے۔ صرف کچھ ہاتھوں میں حرکت تھی۔ صرف کچھ نیم جان سے جسم کچھ کر رہے تھے اور پھر دیوا سنگھ کی چتا کے شعلوں سے نکلتے دھوئیں میں جیسے ہر طرف اندھیرا ہو گیا تھا۔ ونتا کا اور کسی سے کیا واسطہ۔ کوئی پیار کوئی رشتہ، سمبند کچھ بھی نہیں تھا جیسے۔ کاہے کی سزا ملی تھی اس کو؟ کس جرم کے بدلے؟

وہ جیتے جی ہی مر گئی تھی۔ اور اس طرح جیتے ہوئے، کھاتے، پیتے، اٹھتے بیٹھتے اپنی لاش کو کھینچنا گھسیٹنا کتنا مشکل کام ہے، زندگی کے اس کھیل میں۔ اور اس نے ننگے پاؤں ہی زندگی کا باقی سفر طے کرنے کی قسم کھائی تھی۔ باقی کا راستہ سیدھا تھا۔ اپنے سارے لوگ ہاتھوں سے سایہ کرتے تھے۔ راستے میں نہ کوئی سل پتھر، نہ ڈر، ...... نہ اگلا گھر اپنا لگتا نہ پچھلا۔

چیت سنگھ دو سالوں میں جوان ہو گیا۔ چوڑی چھاتی، مضبوط بازو، اور لمبے لمبے ڈگ بھرتا وہ دیوا سنگھ لگتا تھا۔ ہو بہو۔ "بھائی جیسی چال" کی ونتا پیٹھ دیکھتی تھی۔ گھر میں باتیں ہونے لگی تھیں پیٹ کی بھوک کے کام کے علاوہ تو کبھی کسی نے آواز بھی نہیں دی تھی۔ سب کے گلے جیسے باندھے گئے تھے۔ گھر میں آنا جانا لگا ہوا تھا۔ ماں بھی آئی تھی اور باپ بھی۔ اور ونتا کی ساس نے چھاتی پر پتھر رکھ کر چیت سنگھ سے چادر ڈالنے کی بات چلائی۔

اُس دن چیت سنگھ جھومنے لگا۔ آنکھوں میں عجیب خمار سا بھر گیا۔ ہونٹوں پر تازہ کھلی ہوئی گلاب کی کلی سے مسکان پھیل گئی۔ اس دن وہ تیکھی نوک والی تِلّے کی جوتی پہن کر کمر میں نئے نکور لٹھے کی چادر کا تہبند باندھ، اور کلیوں والا بوسکی کا کرتا اور سر پر طوطے رنگ کی کسی ہوئی پگڑی باندھ کر نہر کی اسی پگڈنڈی پر تیز تیز قدموں سے چلتا شہر گیا تھا۔ کتنا کچھ لے کر آیا تھا۔ شہر سے۔ لال پھندنے والا پراندہ، گلناری سوٹ، منکے والے جھمکے، آرسی، بگیاں اور بہت کچھ۔

سویرے سویرے ہی ونتا کے ساتھ جانوروں کا چارہ ڈالنے، گوبر سمیٹنے اور دودھ کا کام سمیٹنے کے لیے "پسار" میں چلا گیا۔ سورج کی کرن نکلنے سے پہلے ہی ونتا کو فرصت ہو گئی۔ چیت سنگھ نے ہاتھ منہ دھوتی ونتا کا گورا گورا ہاتھ، کومل کچی گری جیسا نرم ہاتھ پکڑ لیا۔ نل چلا رہی ونتا کے ہاتھ سے ہتی چھوٹ کر ونتا کے ماتھے پر آلگی اور ایک جھٹکے سے اس نے اپنا ہاتھ چھڑا لیا۔

چیت سنگھ نے اپنی کمر کے پیچھے چھپائی کاغذ میں لپٹی جوتی نکالی اور ونتا کے پاؤں کے پاس رکھ دی۔ شنیل کے تلے والی لال رنگ کی جوتی ۔" یہ ڈالنا پاؤں میں ... پوری بھی ہے کہ نہیں.... نہیں تو پھر شہر جاآؤں ۔"

ونتا کو لگا دھرتی کی کوکھ میں جیسے ابھی ابھی دو آنکھیں لگ آئی ہوں۔ وہی آنکھیں جن کا آخری ملن وہ سہہ نہیں سکی تھی۔ چاروں آنکھیں چھلکی تھیں ۔ ایک کے گھونگھٹ میں گالوں پر آنسو گرے تھے اور دوسرے کے کونوں سے ٹپک کر سرہانے کا سینہ چیر گئے تھے۔ وہ سنبھلی۔ آنکھوں کے سامنے دیوا سنگھ کا پیازی پگڑی والا چہرہ آکر چمکا، پھر مٹی رنگ کا، پہلا مرجھایا چہرہ .... اور اس نے آنکھوں میں پھیلی ہوئی دھند کا گھونٹ بھر لیا ..... "سنبھال کے رکھ .... ابھی تو ...."

" تم پاؤں میں پھنسالو..... تیرے ننگے پاؤں ...." بات چیت سنگھ کے منہ سے پوری بھی نہیں نکلی تھی کہ ونتا کانوں پر ہاتھ رکھے "نہیں نہیں" چیختی لسیار میں چلی گئی تھی۔ ساس ماں نے بہت سمجھایا۔

" تیرا تو جسم ابھی کنجن جیسا ہی ہے اُجلا ... چاند کی طرح چاندنی جیسا ... کوئی اور آکے جھوٹ موٹ نام دھرتا پھرے گا ... گھر کی بات گھر میں ...."

وہ بنا بولے، گم سم، وہاں سے اُٹھ کر دھڑام کرتی اس پلنگ پر جا گری، جس کے ساتھ اس گھر کے کسی کونے میں کلونت کور کا سب سے پہلے رشتہ بنا تھا۔ منہ دکھلائی کے بعد اس کی جھولی میں بچہ بٹھایا گیا اور چاروں طرف عورتوں اور لڑکیوں کا گھیرا توڑتے چیت سنگھ جس کی ابھی مسیں پھوٹ رہی تھیں۔ اس نے بھابھی کی گود میں بیٹھ کر انگوٹھا چوسنے کا سوانگ کیا تھا۔ "جھات بھابھی" اور گھونگھٹ میں کھلے ہوئے کمل سا چہرہ دیکھ کر وہ شور مچاتا بھائی کے پاس دوڑا گیا تھا۔ "بھائی تم نے تو مورچہ مار دیا .... تم تو فرسٹ آگئے" عورتوں اور لڑکیوں کے ہلنے چہکنے کی آوازوں میں بھی کلونت کور کے کانوں نے چیت سنگھ کی آواز پہچان لی تھی، اور گھونگھٹ میں ہی ہنستے ہوئے اس نے گردن اور نیچی کر لی تھی۔ سہاگ کے اسی پلنگ کے ساتھ اُس کی بہت سی یادیں جڑی ہوئی تھیں۔

اپنا ہم عمر دیور، بیٹا بن کر اس کی جھولی میں بیٹھا تھا۔ ہم عمر دیور کے ساتھ تو وہ کھل کر ہنستی

بھی کھل کر باتیں کرتی تھی۔ اب تک تو اپنی جھولی میں ڈالے رشتے کو پلنگ کے رشتے کی بات سوچتے ہی اُس کے اندر کہیں سہانہ جانے والا درد جاگ پڑا۔ جیسے اس کا سارا جسم تیز ناخنوں سے چھیل دیا گیا ہو۔ گلناری پھولوں والا سوٹ کبھی نہ مِل سکا تھا۔

دونوں کے درمیان چُپ کی دیوار کھڑی ہو گئی۔ ایک گھر، ایک ہی پسار، ایک ہی آنگن، ڈیوڑھی اور ان راستوں کو کلونت کور ننگے پاؤں لتاڑتی رہی۔ چپ کی دیوار میں نہ کبھی کلونت کور نے کوئی کیل ٹھونکا اور نہ کبھی جیت سنگھ نے دھڑکتی خاموشی کی دیوار سے کان جوڑے۔

کلونت کور نے سوچا۔ وہ ساری عمر ایسے ہی روتے دھوتے کیوں گزار دے اور اس کے گرد لپٹے موہ پیار کے دھاگے سے اُسے دیکھ دیکھ کر کیوں دھواں اُٹھے۔ اپنے آپ پر بھروسے، یقین اور مضبوط ارادے کے ساتھ اُس نے اپنے آپ کو سنبھالا۔ جوان جسم کے جلتے دہکتے ارمانوں احساسات کی راکھ اس نے دیوا سنگھ کی مڑی کی مٹی کے نیچے دبا دی۔ اُس کا دل اور دماغ بھی سُن ہوتا چلا گیا۔ وہ خود مارو تھل میں کھڑے اُس اکیلے پیڑ کی طرح ہو گئی۔ جس کے پتے پیڑ کے تنے کے ساتھ پھیلی ریت کو جھلسا کر رکھ دیتے ہیں۔ کبھی بہت اُداس ہو جاتی، دل بہت بجھ جاتا تو کوٹھے پر چڑھ گھنٹوں چاند تاروں کو ٹکٹکی لگائے دیکھتی رہتی، جلتے بجھتے، ٹمٹماتے ستارے چاند کے گھٹنے بڑھنے، چڑھنے ڈھلنے کا سلسلہ دیکھتی رہتی۔ اُداس لمبی راتیں بے رس سی زندگی کی مٹھی سے پھسلتی رہتیں۔ ویران دنوں کے ساتھ اس کا رشتہ اور پکا ہو گیا۔

اکیلی اور اُداس کلونت کور، تن اور مَن سے جُڑا ساتھی چلا گیا تھا اور وہ ہم عمر دیور جیت سنگھ جس سے وہ دو بول سانجھے کر سکتی تھی۔ اُس سے رُوٹھ گیا تھا۔ خاموشی اور چُپ نے اُس کا گلا گھونٹ دیا تھا۔ لیکن اب اُس نے خود کو سنبھال لیا تھا۔ زندگی کے راستے پر ڈھلان تو آ گئی تھی۔ آگے نہ کوئی موڑ نہ چڑھائی۔ جوانی سے بڑھاپا اور بڑھاپے سے گرم ریت، اوبڑ کھابڑ راستے سے ہوتا ہوا شمشان کا سفر۔۔۔ اور بس۔۔۔۔

اُس نے اسی ویران دھرتی پر چھوٹے چھوٹے سپنے بو لیے۔ آہستہ آہستہ ننگے پاؤں چلنے کی عادت پڑ گئی۔ تو پاؤں میں چبھنے والی کرچوں، کانٹوں، اور کنکر کی نوکوں سے درد ہی نہ ہوتا۔ تلوے پنجے اور ایڑیاں سب کو درد سہنے کی عادت ہو گئی تھی۔ صرف ایک چھوٹی انگلی اس کا ساتھ

دینے سے ہر راستے پرمنکر ہو جاتی تھی۔ اُس اُنگلی میں اب بھی گرم لہو دوڑتا تھا۔ اُس میں کانٹے چبھتے تھے۔ سارے پاؤں سے الگ ہو جاتی تھی یہ انگلی بار بار۔ ایسے موقعے پر کلونت کور کے سارے جسم میں درد جاگ اُٹھتے تھے۔ ایک جھٹکے سے جیت سنگھ سے چھڑائے ہاتھ کو وہ کئی بار ایسے ہی جھٹکتی، جیسے خالی نیام اس کے جسم کے ساتھ بیکار جھول رہی ہو۔

لال شنیل کی تلے والی جوتی، گلناری پھولوں والا سوٹ اور لال پراندہ پہنا کر وہ اپنی موسی کی بیٹی جنتیاں کو لے آئی تھی۔ جیت سنگھ خوش تھا۔ بے حد خوش۔ جنتیاں نے آنگن کے سُونے پن کو بھر دیا تھا۔ گھر میں پھر خوشیوں کا پھیرا تھا۔ آنگن میں گیندے گلاب کے پھول کھلے، چمپا چمبیلی کی کلیوں سے خوشبو بکھر گئی۔ گیندے اور گلاب نے آنگن میں رنگ بھر دیئے سارا باغ پریوار تو کلونت کور کا تھا۔ کلونت کور۔ ونتا۔

ونتا تو تائی تھی۔۔۔ اب تائی سارے گاؤں کی۔ بڑی بوڑھیاں تو اس کا نام بھول گئی تھیں اور دوسری پود کے ہر چھوٹے بڑے اور پیدا ہونے والی کی تائی۔۔۔۔

جنتیاں کے دل میں دیور بھابھی کے بیچ کھڑی خاموشی کی دیوار کے بارے میں کئی شک پیدا ہوئے تھے۔ لیکن بھابھی۔ بس، بچّوں کی تائی کی سچّی لگن، سیوا، بچوں سے پیار اور اُسے اپنی قربانی دیتے دیکھ کر وہ اپنے دل میں پیدا ہونے والے شکوک کو دِل میں ہی پھانسی لٹکا دیتی تھی۔ پھول پودوں اور کلیوں کی تو جنتیاں صرف دھرتی تھی جس کی کوکھ سے وہ پیدا ہوئے تھے۔ اُن کی مالن تو تائی تھی جس کے بغیر بچے ایک پَل بھی نہیں رہتے تھے۔ اُس کے بِنا، نہ کھاتے تھے نہ سوتے تھے۔

اپنے گھر کو تو کیا سارے گاؤں میں دُکھ سُکھ کے وقت تائی ہی پردھان ہوتی۔ گاؤں کی بیٹیاں، تائی سے ہی اپنے دکھ کی بات کرتیں۔ رسم رواجوں، جھگڑے جھمیلوں، رشتے ناتوں کے لیے مشورے، اور لینے دینے کے سوالوں پر پوچھ تاچھ تائی سے ہی ہوتی۔ دُکھوں کو بانٹنے والی تائی، سکھوں میں صلاح کار تائی، کسی کے بچے کا گلا خراب ہو جاتا تو انگوٹھے سے راکھ کی چٹکی لگا کر تائی بچے کے گلے میں کچھ کرتی، کسی کو نظر لگ جائے تو تائی مرچیں نچھاور کر کے "تائی واؤ نہ لگئی"، کا شبد پڑھ کر نظر کے اثر کو زائل کرتی۔ کسی بچے کے پیٹ میں درد ہوتا تو ہینگ اور

گرم گرم گھی، نرم پتیوں سے ملتی ہوئی۔" پیدا کرنا تو آتا ہے نہ کرٹے۔" وہ بچّے کی ماں کو پیار سے ڈانٹتی۔

گاؤں میں آنے والی نئی بیاہی بہو کی ڈولی گوردوارے کے بعد تائی کے دروازے پر رک کر گھر جاتی تھی۔ جیت سنگھ کی بھوجائی دلیوا سنگھ کی نئی نویلی دلہن کو سب بھول گئے تھے — تائی کے پاؤں میں پڑے چھالے پک کر سخت ہو گئے۔ ایڑیوں کی بیائیوں میں سوراخ پڑ گئے، لیکن اس نے کبھی جوتی نہ پہنی۔

اب... اب تائی سے چلا بھی نہیں جاتا۔ اس کے پاؤں تھک گئے، جسم چور چور ہو چکا... جتیاں تو پھلدار پیڑ تائی کے حوالے کر کے کب کی پرلوک چلی گئی تھی... "تی تیری تو ضرورت تھی۔ میں کھوٹے کرموں والی جنم جلی... ابھی یہ دیکھنا بھی باقی تھا... اور تائی کی کمر دوہری ہو گئی۔ جیت سنگھ بھی خاموشی کی دیوار سے آر پار نہ ہوا۔

اب زندگی کے آخری پڑاؤ پر اس سے اکیلے نہیں چلا جاتا۔ ہاتھ میں ڈنگوری ہوتے ہوئے بھی اُسے گرنے کا ڈر بنا رہتا ہے چھوٹی سی نالی پار کرنے کے لیے بھی اس کے پاؤں میں سکت باقی نہیں رہی۔ اسی لیے مرد کے سہارے کے لیے اس کے منہ سے چیخ نکلی ہے۔

جیت سنگھ کو اس کی پکار پر ترس بھی آیا... غصّہ بھی... وہ جھنجھلایا بھی کانپا بھی ...... مجھے تھام لے... ہاں، بیر کے باپو... نالی پار کرنی ہے۔" اور وہ ہاتھ جنہیں اپنے بل اپنی طاقت پر غرور تھا، جیت سنگھ نے اپنی طرف جھکا ہوا دیکھا۔

جیت سنگھ نے منہ اس کے کان کے پاس لے جا کر اونچی آواز میں کہا۔ "لے سنبھل کے قدم اٹھا۔ اور جیت سنگھ کے سوکھا ہاتھ اپنے ہاتھ میں مضبوطی سے پکڑ لیا۔" سالا! پریوار تو ایک ہے نہ... تم یہ پُرسے ورسے... پر جانا چھوڑ دے نہ... جان ہے تو جہان ہے نہ... اب تو بس یہی ہے... اب تو اپنے پیر چتا میں..."

کلونت کور...."ہاں۔ ہوں..." کہہ" کہاں رہا جاتا ہے"... دکھ سکھ کے وقت .... چلو جب تک چلے۔" جیسے لفظ دہراتی، ہنکارا بھرتی چلتی رہی۔ دونوں ایک دوسرے کا ہاتھ پکڑے پل پل پھیلتے اندھیرے تک نہر کی پٹری پر آہستہ آہستہ قدم اٹھاتے اپنی ماضی کی یاد کرتے چلتے رہے۔

کلونت کور۔۔۔اس نام کو تو سبھی بھول گئے ہیں۔ جیسے یہ نام کبھی وجود میں ہی نہ آیا ہو۔

تائی کے جسم میں ماضی کی سوئیاں چبھیں اور نہر کے کنارے چلتے ہوئے بھی پانی کے ایک گھونٹ کے لیئے اس کا گلا سوکھ گیا۔

○

گوردیو سنگھ رویانہ کی کہانی "ماڈل" دو اعتبار سے اہمیت کی حامل ہے۔ ایک تو یہ فن کا نادر نمونہ ہے۔ ہر لحاظ سے درست چست، کسی کسائی کہانی، لفظوں میں لکھی ہوئی ایک خوبصورت تصویر۔ راجیندر سنگھ بیدی کا کہنا تھا کہ کہانی کی ہر چول ایک دوسری سے ایسی ملی ہوئی ہو کہ پتہ نہ چلے کہ کون سا حصّہ کہاں سے شروع ہوتا ہے اور کہاں پر ختم ہوتا ہے۔ اس کہانی کی ساخت بیدی کی اس تعریف پر پوری اُترتی ہے۔

اس کہانی کی دوسری اہم بات ہے اس کا موضوع اور کہانی کار کا صحت مند رویّہ۔ انسان جب اپنی آنکھوں پر کسی بھی نظریے کی پٹی باندھ لیتا ہے تو اس کی حالت ساون کے اندھے کی سی ہو جاتی ہے۔ جیسے ہرے کے علاوہ اور کچھ دکھائی ہی نہیں دیتا۔ اور جب یہ پٹی مذہب کی پٹی ہوتی ہے تو انسان کی آنکھوں کے آگے اندھیرے اور بھی گھنے اور زہریلے ہو جاتے ہیں تب اُس کے ذہن و فکر کے سارے دروازے بند ہو جاتے ہیں۔ یہی اس کہانی کا سانحہ ہے۔ جس میں ٹھاکر رام اور پریم سنگھ دوست ہیں۔ ایک ہی گاؤں کے ایک ہی ماحول کے پروردہ ہیں۔ بلکہ صرف نام دو ہیں، ہیں وہ دراصل ایک ہی خمیر کے بنے۔ لیکن حالات نے ان کی آنکھوں پر ہندو اور سکھ نظریے کے چشمے پہنا دیئے ہیں۔ اس لیے ان کی زندگی کا نظریہ محدود ہوتے ہوتے اس حد تک تنگ ہو گیا ہے کہ شاید وہ انسان رہے ہی نہیں۔ صرف ہندو اور سکھ ہو کر رہ گئے ہیں۔

بڑی ہی فنکارانہ چابکدستی کے ساتھ گوردیو سنگھ رویانہ نے ان کے کردار کو بڑے ہی دلچسپ پیرائے میں ایسے ہی ہیرو بنا کر پیش کیا ہے۔ جیسا وہ خود سمجھتے ہیں۔

کہانی کار کی خوبی یہ ہے کہ وہ بڑے ہی فنکارانہ انداز میں وہ بات بخوبی کہہ گئے ہیں، جو دراصل اُنھوں نے کہی نہیں ہے۔

گوردیو سنگھ رُوپانہ

ماڈل

نتھو رام اینڈ پریم سنگھ
وَن اینڈ دی سیم تھنگ

ان کو اکٹھے بیٹھے دیکھ کر ہم یہ نعرہ لگایا کرتے تھے۔ وہ یعنی دو تا او نتھو رام اور پریم سنگھ۔ ہم یعنی تین چھوکرے، راج، ہردیو اور میں۔

جب بھی ہم دونوں کو سر جوڑے بیٹھے ہوئے دیکھتے، ہم میں سے کوئی آہستہ سے ہونٹ ہلا کر کہہ دیتا۔ ون اینڈ دی سیم تھنگ اور ہم ہنس دیتے۔ ہنستے رہتے۔ " ون اینڈ دی سیم تھنگ۔"

تب ہنسی آتی بھی بہت تھی۔ ذرا سی سیانی عمر کی عورت نے تھوڑے شوخ کپڑے پہنے ہوتے، تو اُسے دیکھ کر ہنسی آجاتی۔ کسی پتلے سے سوکھے سڑے آدمی کو چھوہارا مل کہہ کر ہنس پڑتے۔ ہم اس وقت ان باتوں پر بھی ہنس پڑتے تھے جن کے بارے میں بعد میں پتہ چلا کہ ان پر تو رونا چاہیے تھا۔

تب ہم نئے نئے کالج میں بھرتی ہوئے تھے اور یہ سمجھے پھرتے تھے کہ کبھی کالج کے اندر داخل ہوتے ہی ساری عقل، ساری معلومات، ہر قسم کی سیاست خود بخود ہمارے پاس آگئی ہے۔ اسی لیے ہم اپنے آپ کو روشن دماغ اور باقی لوگوں کو مُورکھ اور موٹی عقل والوں میں شمار کرتے تھے۔ جو کالج سے باہر اندھیرے کا بوجھ سر پر اُٹھائے پھرتے ہیں۔ ان دنوں میں اگر خدا بھی ہمیں کالج کے گیٹ کے باہر مل جاتا تو اُسے بھی کوئی معمولی فقیر سمجھ کر ہم لاپرواہی سے اُس کی طرف سے نظریں پھیر لیتے۔

یہ دونوں تاؤ، نتھو رام اور پریم سنگھ اس پرماتما کے بنائے ہوئے سورگ اور نرک کے بارے میں ایک سی باتیں ہی کیا کرتے تھے۔ سورگ میں کیا ہوتا ہے اور نرک میں کیا۔ کون سے نیک عملوں کا صدقہ کوئی سورگ میں جانے کا حقدار ہو جاتا ہے اور کون سے پاپوں کی وجہ سے نرک میں جانا پڑتا ہے اُن کی یہ باتیں سن کر ہم بھی کہتے تھے۔۔۔۔ دان اینڈ دی سیم تھنگ۔

دونوں تاؤ صاحبان کا شوق بھی ایک ہی تھا۔ تیرتھ یاترا کرنے کا۔ سال دو سال بعد وہ تیرتھ استھانوں کے درشن کرنے کے لیے جاتے اور مہینہ مہینہ دو دو مہینے تک واپس نہ لوٹتے۔ لوٹنے پر کئی کئی مہینے تک وہ اپنی یاترا کی تفصیلات بتاتے رہتے۔ وہ کبھی اکٹھے نہیں گئے تھے لیکن پھر بھی ان کا تذکرہ ایک سا ہوتا۔

پہاڑوں اور ندیوں کے بارے میں، دوسرے علاقوں کے لوگوں کے بارے میں۔ دوسرے علاقے کے لوگوں، اُن کے عجیب و غریب کھانے اور پہناوے اور ان کی بھانت بھانت کی بولیوں کے بارے میں وہ ایک سی باتیں کیا کرتے۔ تفصیلات کو بار بار دوہراتے ہوئے وہ ہر بار اُن میں نئی باتیں جوڑ دیتے۔ کچھ معجزے والی ہوتیں، کچھ حیران کرنے والی۔ ان کے اس خزانے میں سے جو ہمیں یاد رہتیں، وہ شہروں کے چڑیا گھروں اور عجائب گھروں کے بارے میں ہوتیں۔ دونوں تاؤ لاہور کے عجائب گھر کے بارے میں ایک ہی بات بتاتے کہ اس میں دنیا کی ہر چیز رکھی ہوئی ہے۔ عجائب گھروں کے بارے میں ان کا یہی عقیدہ تھا۔ بتاتے کہ باہر لکھ کر لگا رکھا تھا کہ۔ جو آدمی یہ بتا دے کہ یہاں فلاں چیز نہیں ہے، اُسے انعام دیا جائے گا۔

یہ بات سُن کر ایک ادھیڑ عمر عورت عجائب گھر دیکھنے آئی۔ پورا چکر مارنے کے بعد اس نے کہا۔ بھائی مجھے اس میں اٹیرن کہیں دکھائی نہیں دیا۔ سب لوگوں نے عجائب گھر کا کونہ کونہ ٹٹول مارا۔ اٹیرن سچ مچ کہیں نہیں تھا۔

دونوں تاؤ اپنی ہم عمر اس عورت کی تیکھی نظروں کے اس معرکے کا ذکر کر کے بہت خوش ہوتے۔

پھر پتہ نہیں پہلے کس نے شروع کیا۔ لیکن دونوں تاؤ اپنے بارے میں ایک ہی بات بتانے لگے۔

نتھو رام بتاتا۔ ایک رات وہ سویا سویا ہی مرگیا۔ یم دوت اُسے سورگ میں دھرم راج کے

پاس لے گئے۔ جب بہی دیکھی گئی تو پتہ چلا کہ نتھورام رو پا نے والے کی باری ابھی نہیں آئی تھی۔ نتھورام رمانے والے کو لے کے آؤ۔ دن چڑھنے سے پہلے نتھورام کی آتما اس کے جسم میں واپس داخل کر دی گئی۔

یہی بات پریم سنگھ اپنے بارے میں بتاتا۔ ایک رات یم دوت اُسے غلطی سے لے گئے۔ اُس کی جگہ دِھگانے والے پریم سنگھ کا نمبر لگا ہوا تھا۔

کچھ لوگوں نے ان لوگوں کی باتوں کا یقین کر لیا۔ کچھ ایک نے نہ کیا۔ اور ہم اُسے ایک ہی بیل کے پھل سمجھ کر ہنستے رہے تھے۔ تب ہنسی کے علاوہ ہمیں اور کچھ آتا بھی نہیں تھا۔

دونوں کی ایک سی باتیں سُنتے ہم بھرے بھرائے کالج میں داخل ہوئے تھے اور خالی خالی ہو کر نکلے۔ ہنسنا بھی بھول گیا اور یہ نعرہ بھی ۔ دن اینڈ دی سیم تھنگ۔

راج کمار پولس میں داخل ہو گیا۔ ہردیو سنگھ فوج میں اور میں آگے کی تعلیم کے لیے دلی چلا آیا۔ پھر ہم تینوں اکٹھے نہ ہوئے۔ ایک بار ہم تینوں نے خط و کتابت کے ذریعے یہ صلاح بنائی کہ دسمبر میں اکٹھا ہوا جائے۔

یہ ۱۹۷۵ء کی بات ہے۔ میں ۲۵ دسمبر کو گاؤں پہنچ گیا۔ جا کر پتہ چلا کہ دونوں نہیں آئے۔ ان کو چھٹی نہیں ملی تھی۔ کیونکہ ملک میں اندرونی ایمرجنسی لگی ہوئی تھی۔

ایک دن میں گاؤں میں گھومنے کے لیے نکلا۔ تاؤ نتھورام دوکان کے سامنے والے چبوترے پر بیٹھا ہوا تھا۔ پاس ہی بیٹھا ہوا اُس کا پوتا کوئی گرنتھ پڑھ کر اُسے سُنا رہا تھا۔ میں اُس کے پاس جا بیٹھا۔ وہ مجھ سے باتیں کرنے میں مصروف ہو گیا تو اُس کا پوتا موقع دیکھ کر کھسک گیا۔ تاؤ کو پوتے کی غیر حاضری کا پتہ چلا تو اُس نے کہا۔ پڑھتا پڑھتا کہاں چلا گیا۔" پیچھے گھر کی طرف منہ کرکے آواز دی — باشی۔ او باشی۔"

"تاؤ میں پڑھ کر سُنا دیتا ہوں۔" میں نے کہا۔

لکڑی کی رحیل پر رکھا گرنتھ میں نے اپنے آگے کر لیا۔ یہ دیوناگری حروف میں کسی پُران کا ہندی ترجمہ تھا۔ میں نے پڑھنا شروع کیا تو تاؤ حیران رہ گیا۔

"شریف زادے تو یہ وِدیا بھی جانتا ہے!" اُس نے کہا۔

"ہاں جانتا ہوں۔ یہ کون سی مشکل ہے۔" میں نے کہا۔

تم صحیح راستے پر پڑ گئے ہو شریف زادے ۔ تو ایک دن ترقی کرے گا. میری بات یاد رکھنا بہت ترقی۔

تاؤ نتھو رام سوچ میں پڑ گیا. کچھ دیر بعد اس نے کہا۔ " شریف زادے اور سُنا کوئی دلّی کی بات۔"

خبر کیا سُنائیں تاؤ ۔ خبر تو کوئی ملتی نہیں آج کل ۔ اخباروں میں وہی خبر چھپتی ہے جو سرکار بتانا چاہتی ہے۔ سرکار کے خلاف بولنے والے جیلوں میں بند کر رکھے ہیں۔"

" شریف زادے۔ تمہیں ایک بات بتاؤں ۔" نتھو رام نے رازدارانہ انداز میں کہا حکومت کی مضبوطی کے لیے یہ سب کرنا ضروری ہوتا ہے ۔ یہ سیاست ہے حکومت کو اچھی طرح چلانے کے لیے پانچ سات آدمی مر بھی جائیں تو بھی کوئی فرق نہیں پڑتا۔ بہت بڑا ملک ہے ۔ زیادہ ہی اودھم مچا رہے تھے کچھ لوگ .....

اب حیران ہونے کی میری باری تھی۔

تاؤ نتھو رام کا پوتا ہمارے پاس چائے رکھ کر پھر کھسک گیا. ہم چائے پینے لگے۔

میں نے پوچھا۔ تاؤ جی ۔ آپ ایک بار سُورگ درشن کر آئے ہو؟

" ہاں شریف زادے ۔ ایک بار غلطی سے مجھے لے گئے تھے ۔ وہ تو رات کا وقت تھا. اس لیے آپ کے سامنے بیٹھا ہوں ..... اگر دن ہوتا تو انھوں نے میرے جسم کو جلا دینا تھا. پھر پتہ نہیں آتما کتنی دیر بھٹکتی رہتی بغیر جسم کے۔"

" آپ نے جو کچھ سورگ میں دیکھا اُس کی یاد ہیں کچھ باتیں؟

" ہاں. شریف زادے ۔ ایک ایک چیز یاد ہے ۔ یہ باتیں کوئی بھولنے والی ہیں .... جب مجھے لے کے گئے نہ، تو مجھے دھرم راج کے آگے پیش کر دیا ۔ دونوں طرف چترا اور گپت بیٹھے ہوئے تھے. میرا نام اور پتہ ٹھکانا سُن کر چتر. گپت نے اپنے بہی کھاتے کھول لیے ..... میرا حساب کتاب بتانے کے لیے۔ دھرم راج نے ہاتھ کھڑا کر کے ان کو روک دیا اور خود ایک بہت بڑی بہی کھول کر دیکھنے لگے بہی دیکھ کر بولے۔

تم غلط آدمی کو لے آئے ہو. نتھو رام روپالے والے نے تو ابھی پچاس سال اور دنیا میں رہنا

ہے۔ نتھورام رمانے والے کو لے کر آؤ۔۔۔ تو جی مجھے واپس کر دیا۔ میں نے یہ بات بتائی تو کسی نے سچ نہ مانا۔ پھر اپنے گاؤں کے آدمی پتہ کرنے گئے۔ اسی رات سچ مچ نتھورام رمانے والا گزر گیا تھا۔ تب جا کر لوگوں کو یقین آیا۔

"اور کون کون تھا وہاں؟" میں نے پوچھا۔

"تین بڑے آسنوں پر برہما، وشنو اور شیو بھگوان بیٹھے ہوئے تھے۔ ماتا شیروں والی کے ساتھ اس کی سات بہنیں۔ کرشن بلدیو اور رادھا جی۔ رام اور سیتا جی سارے پریوار کے ساتھ۔ ہنومان چرنوں میں بیٹھے ہوئے تھے۔ ایک طرف کام دھینو گائے کھڑی تھی۔ اس کے تھنوں سے دودھ نکل نکل کر دودھ کی ندی بہہ رہی تھی۔ شہد کے تالاب بھرے ہوئے تھے۔ ہر طرف خوشبوئیں ہی خوشبوئیں میٹھی میٹھی ٹھنڈی ہوا چل رہی تھی۔ بڑی شانتی تھی وہاں۔" لگتا تھا کہ یہ سب بتاتے ہوئے نتھورام کو آنند آ رہا تھا۔

"تاؤ وہاں سب نے کپڑے کیسے پہنے ہوئے تھے؟"

"جیسے تصویروں میں ہوتے ہیں۔ دھوتیاں اور ساڑھیاں۔ سب کا ایک ہی رنگ کیسری۔"

"کلجگ کے لوگوں میں سے بھی کوئی تھا وہاں؟ اپنے وقت کے لوگوں میں سے بھی کوئی تھا وہاں؟"

"ہاں تھے۔ گاندھی جی تھے۔ لالہ جی، نہرو جی، پٹیل جی۔ اور بھی بہت سے تھے۔"

"اجیت سنگھ، بھگت سنگھ اور اودھم سنگھ بھی تھے؟" میں نے ایسے ہی پوچھ لیا۔

"ہوں گے۔ کہیں پیچھے بیٹھے۔ نظر نہیں آئے۔ یونہی جھوٹ کیوں بولیں۔"

"تاؤ جی آپ نے تو آج سورگ کی سیر کرا دی۔" میں نے خوش ہو کر کہا۔

"شریف زادے۔ یہ باتیں بھی اس کی سمجھ میں آتی ہیں جو صحیح راہ پر چل پڑا ہو۔ اچھے آدمیوں میں اٹھنا بیٹھنا ہو۔ تم نے اچھا کیا جو دلی چلے گئے۔ بہت ترقی کرے گا تو ایک دن۔ میرا کہا یاد رکھنا۔"

نتھورام کی باتیں سن کر میرا دل پریم سنگھ سے ملنے کے لیے مچل اٹھا۔

پریم سنگھ، آنگن میں چارپائی پر بیٹھا اونچی آواز میں مگر رک رک کر ایک کتاب پڑھ رہا تھا دور سے ہی مجھے پتہ چل گیا کہ وہ وارون میں لکھی ہری سنگھ نلوا کی وار پڑھ رہا تھا میں نے فتح

بلائی اور اس نے بولنا شروع کردیا۔

او ے شیرا۔ تم تو ہمیں بھول ہی گئے دلی جاکر۔ کیا حال ہے تیری دلی کا، سُنا ہے' اندرا گاندھی ہے آج کل دلی میں کسی کو بولنے نہیں دیتی۔

"تاؤ تمہیں کیا بتائیں۔ تم تو سب کچھ جانتے ہو۔"

"نہیں پھر بھی۔ پاس رہنے کی بات اور ہوتی ہے۔ کہیں نزدیک ہی رہتے ہو اندرا کے؟"

"ہاں۔ نزدیک ہی ہوں۔"

"پھر تو ملتے جلتے رہتے ہوگے پڑوس میں؟"

"میں نے کہا۔ چل تاؤ تجھے دلی دکھا لائیں۔ اور مل بھی لینا۔"

"اب کہاں شیرے۔ بڑی دیکھی ہے تمہاری دلی۔ بڑا جایا کرتے تھے۔ سیس گنج صاحب اور بنگلہ صاحب کے کئی بار درشن کیے ہیں۔ اب عمر نہیں رہی۔ عمر کے ساتھ ہی سارے رنگ ہیں شیرے۔ وہ بھی وقت تھا' جب دو دو مہینے گھر نہیں آتے تھے۔ کہاں پنجہ صاحب' کہاں حضور صاحب' ریٹھا صاحب' پٹنہ صاحب' پونٹہ صاحب' امرسر اور آنندپور صاحب تو یہ کھڑے ہیں۔ اب تو شیر پانچ میل دور شہر جانے سے بھی کتراتے ہیں۔

تاؤ.. پریم سنگھ کے اتنا کہنے پر میں نے بات کو آگے بڑھانے کے لیے نقطہ ڈھونڈ لیا۔ میں نے کہا۔

"تاؤ جی آپ نے اتنے گوردوں کے استھانوں کے درشن کیے شاید اسی لیے آپ کو "سچ کھنڈ" کے درشن ہو گئے۔"

"وہ تو شیر یم دوتوں کی غلطی سے ہو گئے۔ نہیں تو مر کے بھی کوئی زندہ ہوا ہے کبھی؟"

"یہ ہوا کیسے تھا؟" میں نے پوچھا۔

"ہونا کیسے تھا۔ میں اچھا بھلا سکھ منی صاحب کا پاٹھ کر کے سو گیا۔ آدھی رات کے قریب ہوگی۔ جب وہ لے کر چل دیئے۔ وہاں جا کر پتہ لگا کہ پریم سنگھ دھگانے والے کی باری تھی۔ مجھے واپس کر گئے اور صبح کو پریم سنگھ دھگانے مرا ہوا پایا گیا۔

"سچ کھنڈ میں اور بھی لوگ ہوں گے۔؟"

" ہاں بہت لوگ تھے۔ ایک بہت اونچے تخت پر اکال پرکھ پرماتما بیٹھے تھے۔ دسوں گورو پاتشاہ' پانچ پیارے' چالیس مکتے شہید۔ بابا دیپ سنگھ' بابا بُڈھا جی' اکالی پھولا سنگھ' سردار ہری سنگھ نلوا بھی تھے۔ بھائی کنہیا جی' مہاراجہ رنجیت سنگھ' پیر بدھو شاہ سب ایک قطار میں بیٹھے تھے۔ گورو گووند سنگھ کے چاروں صاحبزادے ایک میدان میں سفید گھوڑے دوڑاتے ہوئے دکھائی پڑے تھے۔

" ان کے کپڑے کس رنگ کے تھے ؟"

دمامے والی سفید دستاریں۔ سفید چوغے اور چوڑی دار پاجامے۔ اور جھولتے ہوئے نشان صاحب جھنڈے۔

" تاؤ آج کل کے آدمیوں میں سے کوئی تھا وہاں' جو پچاس سو سال پہلے سورگباس ہوئے ہوں ؟"

ہاں تھے۔ بہت تھے۔ ست گورو رام سنگھ جی' سردار بھگت سنگھ' اودھم سنگھ' سرابھا' ماسٹر جی اور بھی شہید ہونے والے سکھ۔"

گاندھی جی اور نہرو جی بھی تھے ؟"

" ایسے ہی جھوٹ کیوں بولیں۔ نظر نہیں آئے۔ پیچھے بیٹھے ہوں تو کہہ نہیں سکتے۔"

شام کو نہر کا چکر لگا کر لوٹتے ہوئے میں نے دیکھا۔ دونوں تاؤ چبوترے پر موڑھے رکھ کر برابر برابر بیٹھے ہوئے تھے۔ ان کے آگے مٹی کے تھل میں الاؤ جل رہا تھا۔ میں نے مشکل سے ہنسی کو روکا اور من میں کہا۔

نتھو رام اینڈ پریم سنگھ
ون اینڈ دی سیم تمغنگ

جسبیر بھُلّر کی کہانیوں کے الفاظ اپنے معنی سے کچھ زیادہ کہنے کی کوشش کرتے ہیں۔ اس لیے ان کی کہانیوں میں کچھ ایسا اختصار پنہاں ہے جو انسانی درد کی لمبی داستانیں اپنے اندر سمیٹ لیتا ہے۔ اس مجموعے میں شامل ان کی کہانی "پودوں جیسے اُگے جسم" ایک ایسے صوبیدار کی کہانی ہے جس کے سامنے اس کے دو سپاہی بیٹے پانچ چھ سال کے وقفے میں شہید ہو جاتے ہیں۔ پنجاب کے ماحول میں جہاں ہر دوسرے تیسرے گھر سے کوئی نہ کوئی آدمی فوج میں بھرتی ہوتا ہی ہے۔ یہ بظاہر ایک ایسا واقعہ ہے جو کہیں نہ کہیں رونما ہوتا ہی رہتا ہے۔ لیکن جسبیر بھُلّر کا اندازِ بیان کچھ ایسا ہے کہ کہانی اس شہادت پر بَین کرتی ہوئی معلوم ہوتی ہے۔ صوبیدار خود اپنے بیٹے کی موت کی خبر سُن کر اس صدمے کو برداشت کرنے کی کوشش کر رہا ہے لیکن جب وہ دوسری جنگ میں مرنے والے فوجیوں کے قبرستان میں سلام کرنے جاتا ہے۔ تو کسی مائیکل کی قبر پر بیٹھ کر یوں پھپھک پھپھک کر روتا ہے، جیسے وہ اس کے اپنے بیٹے کی قبر ہو۔ اور یہیں سے یہ کہانی درد بن کر قاری کے دل میں اُترتی چلی جاتی ہے۔

اور جب کہانی قاری کے دل میں گھر کر جائے تو پھر اس کی فنّی خوبیوں کی بات نہ ہی کی جائے تو اچھا ہے۔

جسبیر بھُلّر

پودوں جیسے اُگے جسم

سپنوں والی آنکھیں اس نے جب کبھی دیکھی تھیں، بڑی اُداس دیکھی تھیں لیکن وہ تو بد نصیب ہی رہا۔ سپنوں کی آنکھوں میں کبھی گھر بنانے کی نوبت ہی نہیں آئی۔ اس کے سپنے تو جب بھی پیدا ہوئے، مرے ہوئے ہی پیدا ہوئے۔ سب سپنوں کی قبریں اس نے کہیں اپنے بہت اندر بنالی تھیں۔ اب والی خبر شاید اس کی عمر کی آخری اُداس خبر تھی۔ اُس کے بعد شاید کوئی بھی خبر اُسے اُداس نہیں لگے گی۔ اس نے اس بات میں اپنے لیے کوئی تسلی ڈھونڈنے کی ناکام کوشش کی، اور حادثے کی خبر آنکھوں میں بھر کر پہاڑ کے پاؤں کی طرف جاتی سڑک کی طرف دیکھا۔

گھنے جنگل کو چیر کر گزرتی سڑک کی لکیر کسی بیوہ کی مانگ کی طرح بڑی سُونی تھی۔ نظر کی رسائی تک پھیلا ہوا جنگل ہرے رنگ کی پتائی سے زیادہ کچھ نہیں لگتا تھا۔ پھوہار پڑنے کی وجہ سے پیڑوں اور پتوں سے پانی لگاتار ٹپ ٹپ گر رہا تھا۔ وہ کسی لڑکی کی زندگی میں ہوئے پہلے حادثے کے بعد بہنے والے آنسوؤں کی طرح لگتا تھا۔ پیڑوں کے پاؤں کے نیچے بھی دلدل دوسری بڑی جنگ عظیم کا فٹ نوٹ تھا انگنت فوجی اس دلدل میں دفن ہو گئے تھے۔ لیکن میلوں تک پھیلی قبر پر آج تک کوئی بھی کتبہ نہیں تھا۔

دلدل کے چہرے پر لکھے مرثیے کون پڑھتا،

اُس نے برساتی کے اوپر کا بٹن بند کر کے کالر اوپر کو اٹھا لیے۔

چھوٹی چھوٹی پھوہار کِن مِن بن گئی۔

اُس نے جنگل کی طرف سے پیٹھ کرلی۔ لیکن جنگل تو چاروں طرف تھا۔ وہ دلدل اگر زمین ہوتا تو پیڑوں کے سائے کے نیچے منہ چھپا لیتا۔ لیکن وہ تو پتوں اور شاخوں سے محروم تھا۔ اس کے سر پر کوئی سایہ نہیں تھا، کوئی پردا نہیں تھا۔

وہ اپنے سر کی چھاؤں کا قاتل تھا شاید۔ لیکن کوئی پیڑ اپنے سائے کو خود ہی کاٹتا ہے بھلا؟ یہ تو صوبیدار پیارا سنگھ کی اپنی عدالت تھی۔ جہاں فیصلہ کرنے کے بعد قلم نے کبھی نب نہیں توڑی تھی۔ یہ تو ماں باپ کی ریت تھی جس کا بوجھ اپنے ہاتھوں اٹھانا اس کا فرض بنتا تھا۔ اس کے دونوں بیٹوں نے تو ہر حالت میں فوجی ہی بننا تھا۔ شیر سنگھ اور ہرگٹ سنگھ کا بھرتی ہونا اُس کے لیے زندوں میں ہو جانے والی بات تھی۔

اُس کے سپنے تو رُتبے والے کے دورے کے بعد برف بننے شروع ہوئے تھے۔ یہ تو اس نیتا کی بات کا ڈنک تھا جو اُسے جینے نہیں دے رہا تھا۔

وہ جو فوج کے بارے میں کچھ بھی نہیں جانتا تھا، اگلی پکٹوں کا معائنہ کر کے حفاظتی گارڈ کے جوانوں کی طرف آ گیا۔

"کیا نام ہے آپ کا؟"

"سر نائب صوبیدار پیارا سنگھ"۔ اُس نے ساوُدھان ہوتے ہوئے جواب دیا۔

"ہوں"۔ اُس نے لمبا سانس لیا۔ "کتنی تنخواہ مل جاتی ہے آپ کو؟"

"یہی کوئی ..... بس صاحب گزارا ہو جاتا ہے۔"

"ارے یہ تنخواہ تو مُفت کی ہے۔ سرکاری راشن کھاتے ہو۔ کرنے کو کچھ کام نہیں۔ یہ تنخواہ تو بہت زیادہ ہے میرے بھائی"۔ اُس نے کہا اور مسکرا کر اس کے کندھے پہ ہاتھ رکھ دیا۔

"کلک ... کلک ... کیمرے حرکت میں آ گئے۔"

اگلے ہفتے سینک رسالے کے پہلے صفحہ پر وہی تصویر تھی۔ تصویر کے چہرے پر وہی تاثرات تھے۔ لیکن تصویر کے نیچے لکھی عبارت کچھ اور بتا رہی تھی۔

پتہ نہیں شکار کرنے والا کیلا کس نے گاڑا تھا کچھ مہینے بعد ہی لال پھول، انگارے بن گئے۔
انگاروں میں آگ شعلوں کی طرح جلنے لگی لیکن پتھر پھر بھی نہ پگھلے۔ ایک دن پیارا سنگھ کی آنکھیں پگھل گئیں۔ اس آگ میں بہت سے وجود جھلس گئے تھے۔ اور اسی میں کوئلے ہو گیا تھا اس کے اپنے دل کا ایک ٹکڑا۔ خبر اس کے گھر میں بعد میں پہنچی تھی۔ اس کی پلٹن میں پہلے پہنچ گئی۔
اس کا بیٹا شیر سنگھ ایک بہادر کی موت مرا تھا۔ لیکن یہ ضروری نہیں کہ فخر کر سکنے والی بات خوش کرنے والی بھی ہو۔ اپنے کمانڈنگ آفیسر سے کچھ ہمدردی کے الفاظ لے کر وہ تڑپتی بلکتی ممتا کے گاؤں چھٹی لے کر چلا گیا تھا۔

اس کا سامان ٹرک میں رکھا جا چکا تھا۔ اس کے بیٹ مین نے اسے ٹرک میں بیٹھنے کے لیے کہا۔
پہلی بار ایسا لگا کہ اسی میل کے روٹ مارچ میں سب سے آگے آنے والے صوبیدار پیارا سنگھ کو لگا...
ٹرک تک پہنچنے کے لیے اسے سہارے کی ضرورت ہے۔
اس کا چھٹی جانے کا شوق ہمیشہ کے لیے مر گیا تھا۔
سپاہی شیر سنگھ نہیں رہا تھا۔ یہ اس کھیل کا حصہ تھا جو ان کا خاندان ہمیشہ سے کھیلتا آیا تھا۔
سپاہی شیر سنگھ کی پلٹن نے ہمدردی کی چھٹی صوبیدار پیارا سنگھ کے نام بھیجی تھی۔ کچھ روپے بھی اس ٹکڑی کے ہاتھ بھیجے تھے جو شیر سنگھ کے پھول لے کر آئی تھی لیکن ان روپوں سے شیر سنگھ واپس نہیں آسکتا تھا۔ مرنے والے کی نئی بیاہی بیوی نے چوڑیاں توڑ دی تھیں۔
پیارا سنگھ نے اپنی بہو کی طرف دیکھنا چاہا لیکن دیکھ نہ سکا۔ سرنی کی آنکھوں کے سپنے اس کی آنکھوں کے پانی میں بہہ گئے تھے۔ سیپ سارنگ اس کے چہرے پر زرد پڑ گیا تھا۔
صوبیدار پیارا سنگھ تو خود سرنی کی چپ کا مجرم تھا۔ وہ دوسروں کو کیا دلاسا دیتا۔
ایشیر کور تو پیٹ پیٹ کر نیلی ہو گئی تھی۔ ممتا کے تو بار بار دانت بکڑے جا رہے تھے۔ وہ چپ بیٹھا

گھٹنوں میں سر دیئے بین الاوہنیاں سُننتا رہا چڑھا کالا شاہ بادل ماں کا چاند چھُپ گیا۔

.... اور اب جب اُس نے مُفت: کے راشن کی قیمت ادا کر دی تھی تو اس کا دل کیا... وہ اسی نیتا کو جھنجھوڑ کر پوچھے "اب بکایا کیسے ادا کرو گے؟"

اور ایک دن وہی نیتا بکایا ادا کرنے آ گئے۔ صوبیدار پیارا سنگھ نے حیرانی کے ساتھ دیکھا.... شاید وہی تھے.... بڑے سارے سر پر چھوٹی سی ٹوپی..... چھاتی کی چوڑائی کی نسبت پیٹ کا گھیرا زیادہ.... دل کے تاثرات چھپانے کی کوشش میں سکڑی ہوئی آنکھیں اور....

ماتمی جلسے میں سارا گاؤں شامل تھا۔ اردگرد کے گاؤں سے بھی لوگ آئے تھے۔ بھاشنوں میں سپاہی شیر سنگھ کی بہادری کی چرچا کم اور نیتا کی بڑائی کے چٹھے زیادہ پڑھے گئے۔ سرنی کو اس کا پتی واپس نہیں کیا جا سکتا تھا۔ نیتا نے بھرے جلسے میں اپنے ہاتھوں سے لسے سلائی کی مشین دی۔

شاید یہی بکایا بنتا تھا؟

اُن کے گاؤں کو آنے والی سڑک کا نام کچھ اور تھا لیکن اُس دن اُس سڑک کا نام صوبیدار پیارا سنگھ کے شہید بیٹے کے نام پر رکھ دیا گیا۔

سپاہی پرگٹ سنگھ، شیر سنگھ سے دو ہی سال چھوٹا تھا۔ برادری اکٹھی ہوئی اور سرنی پر چادر پڑ گئی۔

کبھی بیوہ، کبھی سہاگن.... ایک بار چوڑیاں توڑ کر اس نے پھر پہن لیں۔

پتہ نہیں صوبیدار پیارا سنگھ کے خود کے ڈر تھے یا سرنی کی آنکھوں میں بے یقینی تھی۔ اس نے ہاتھوں کی چوڑیوں کی طرف دیکھا اور پھوٹ پھوٹ کر رو پڑی۔ پیارا سنگھ نے آگے ہو کر بہو کے سر پر پیار دینا چاہا لیکن اُس کے اور سرنی کے درمیان لوہے کی چادر تھی۔ وہ گھبرا کر چھت پر چڑھ گیا۔ اس کی نظروں کے سامنے شہید سپاہی شیر سنگھ روڈ بچھی ہوئی تھی، جو ویسے کی ویسے ہی دھول اُڑا رہی تھی۔ وہاں بارش کے دنوں میں بیل گاڑیاں اب بھی نہیں جایا کرتی تھیں۔

ٹرک بل کھاتی سڑک کے راستے پر چل پڑا لیکن صوبیدار پیارا سنگھ کی سوچ کوے کی طرح

اُڑتی اُڑتی گاؤں کی حد میں پہنچ گئی۔ آگے قدم اٹھانے ہی اُس کی سوچ کے پاؤں میں زنجیریں پڑ گئیں۔ وہ ثابت قدموں سے کیسے اپنے گاؤں کی زمین پر چلے۔ وہ کیسے پار کرے اپنے گاؤں کی دہلیز؟ وہ جانتا تھا چوگاٹھ پر شگنوں کے تیل کے نشان ابھی باقی تھے۔

ویسے تو ہر فوجی کی گردن آری پر ہوتی ہے لیکن جن گردنوں پر یہ اس بار چلی تھی۔ ان میں ایک سپاہی پرگٹ سنگھ بھی تھا سرحد پر لگنے والے نشان نے اکہتر کے برس کا انتظار کیا تھا اور اکہتر کے برس نے پرگٹ سنگھ کا۔

دو جوان بیٹوں کو جنگ میں گنوانے والے باپ کے من کی حالت کمانڈنگ آفیسر سمجھ سکتا تھا۔ اُس نے صوبیدار پیارا سنگھ کے ساتھ خاص طور سے دو جوان بھیجے تھے تاکہ وہ اُسے اچھی طرح گاڑی میں بٹھا آئیں۔

اُس کے پہنچنے پر سرتی ایک بار پھر چوڑیاں توڑے گی۔ پچھلی بار اُس نے چھ برس پہلے توڑی تھیں۔ اور پانچ برس اُس نے پھر پہن رکھی تھیں۔ پانچ برسوں میں وہ صرف آٹھ مہینے سُہاگن رہی تھی، اور چار برس، چار مہینے بیوہ، آخری برس میں تو پرگٹ سنگھ کو دو مہینے کی چھٹی بھی نہیں مل سکی تھی۔

وہ الیشر کور کو کیسے بتائے گا کہ اُس کا دوسرا بیٹا بھی صوبیداری سے پہلے ہی پنشن پا گیا ہے۔ اُس کی نظروں سے تو بھسم ہو جانے سے یہی بہتر ہے کہ ٹرک کسی کھائی میں گر جائے اور وہ دور وادی میں ماس کا لوتھڑا بن کر پہنچ جائے۔

لیکن ٹرک تو ٹرک کے اندھے موڑوں کو بھی نظر انداز کرتا ہوا نکل گیا ہے۔

اب تو اُسے گاؤں پہنچنا ہی تھا۔ مربے بندی میں پہلے راستے کا وجود مٹ گیا تھا نئی ٹرک سا ابھی کوئی نام نہیں رکھا گیا تھا۔ شاید اُس کے بیٹے کے مرنے کا انتظار ہو رہا تھا۔ اب نئی ٹرک کے بننے کا کوئی امکان نہیں تھا اور پیارا سنگھ کا بھی کوئی تیسرا بیٹا بھی نہیں تھا۔

ڈرائیور نے ٹرک آہستہ کیا، اور پھر ٹرک کے ایک طرف لے جا کر کھڑا کر دیا۔ صوبیدار پیارا سنگھ دھیان دیئے بغیر ٹرک سے اُترا اور اپنے درد میں گُم سُم قبروں کی طرف چل دیا۔

بارش تھم چکی تھی۔

پہاڑوں سے اُتر کر سارے راستے یہاں ملتے تھے۔ چھٹی جا رہے فوجی اپنی برادری کی یادگار

کو سلام کر کے آگے جاتے تھے۔ دوسری بڑی جنگ میں مرنے والوں کا ایک قبرستان یہاں بھی ہے شاید بین کی آوازوں کی گرمی ہوگی یا آہوں کی تپش، سردی کے موسم میں بھی اُسے امس سا محسوس ہوا۔

قبریں دور تک پھیلی ہوئی تھیں۔

قبروں پر کئی نام لکھے ہوئے تھے لیکن قبروں پر لکھے ہوئے نام شخص نہیں تھے۔ قبروں پر کندہ نام تاریخ بھی نہیں تھے۔ وہ بھولے بسرے ہوئے تھے جو پودوں کی طرح اُگے اور کاٹ لیے گئے تھے۔ قبروں پر لکھے ہوئے نام جیسے پودوں کے نام تھے۔ بے معنی تھے۔ وہ نام اب جذبات کی گٹھڑی کے نام نہیں تھے۔

صوبیدار پیارا سنگھ قبروں کی طرف دیکھتا رہا۔ قبروں پر کندہ نام وقت کے چہرے پر کندہ نام بھی بالکل نہیں تھے۔ لیکن وہ اپنے دل میں کہیں گہرے میں بنی سپنوں کی قبر سے اپنا دھیان ہٹانا چاہتا تھا۔ وہ قبروں پر لکھے ہوئے نام پڑھنے لگا۔

تھک کر وہ کسی سپاہی مائیکل کی قبر کے پیروں کی طرف بیٹھ گیا۔

جنگ بندی کا اعلان ہو چکا تھا۔ کئی اُداس خبریں گھروں کے لیے اب چلی تھیں۔ ڈر اور سہم کی پرتوں کے نیچے سے بیٹوں کے بول آہستہ آہستہ گھروں میں جاگ پڑے تھے۔ اُس کا دل کیا، ان قبروں میں ایک قبر وہ خود بن جائے۔ یا کسی قبر کی طرح ان قبروں میں بیٹھا رہے۔ یہاں سرکاری راشن کھانے والے ان گنت مُفت خورے دفن تھے۔ یہی اس کی برادری تھی۔ جہاں بڑی شانتی تھی یہاں کی ہوا میں بڑی تازگی تھی۔ باہر تو باتوں کے ڈنک تھے جو اُسے مُفت خورا کہہ کہہ کر مار دیں گے۔

اگر وہ چلتا تو اُسے اُس چٹھی کی خبر ساتھ لے کر چلنا پڑے گا۔ جو اس نے بہت ڈرتے ہوئے پکڑی تھی۔ لیکن اُسے تو چلنا ہی ہے۔ اُس کے گاؤں کی بے نام سڑک اپنے نام کا انتظار کر رہی تھی۔ اُسے چلنا ہی پڑے گا، نہیں تو بیٹے کی موت کی خبر بہو تک پہنچے بغیر محض خبر ہی رہتی تھی۔ اُسے چلنا ہی ہے۔ نہیں تو سرنی ثابت چوڑیاں پہنے خود کو سہاگن ہی سمجھتی رہے گی۔ اُسے چلنا ہی پڑے گا نہیں تو اسیر کور بہو کی گود ہری ہونے کے سپنے سجائے پرگٹ سنگھ کا انتظار کرتی رہے گی۔ اُسے تو چلنا ہی ہے نہیں تو کسی کو دوسری مشین پیش کرنے کی یاد ہی نہیں آئے گی ... لیکن وہ سلائی کی مشین کا کیا

کریں گے ؟ عجیب سوال تھا یہ ؟

اُس نے اپنی آنسوؤں سے لبریز آنکھیں پونچھ کر سر اس قبر پر رکھ دیا جو سپاہی پرگٹ سنگھ کی نہیں تھی ۔ وہ صبح سے ہی حوصلہ مند ہونے کا دکھاوا کر رہا تھا لیکن اس سونے پن میں اُس ایکانت میں اُس کے ضبط کی دیوار بھی گر گئی تھی ۔ وہ اسی قبر پر سر رکھے بڑی دیر تک پھپھک پھپھک کر روتا رہا ۔

پاؤں کی چاپ سُن کر اس نے سر اٹھایا ۔

اُسے بلانے کے لیے آیا جوان جھجکتا جھجکتا بولا " صاحب اگلی طرف وقت سے نہیں پہنچ پائیں گے ۔ اگر آپ اب ..... "

اُٹھتے وقت اُس نے ہاتھ گھٹنوں پر رکھ لیے ۔ اُسے لگا ۔ وہ بہت کمزور ہو گیا ہے ۔ اُس کی کمر جھک گئی ہے ۔ اُس کی آنکھوں میں بڑھاپا اتر آیا ہے ۔ اس کی نظر قبر کے کتبے پر اٹک گئی ۔ لکھا تھا ۔

" گڈ نائٹ ڈیڈی "

ٹھہری ہوئی ہوا اچانک چلنے لگ گئی ۔ ہوا کی سائیں سائیں میں جانے پہچانے بولوں کا بوجھ تھا ۔
" گڈ نائٹ ۔ گڈ نائٹ ۔ "

قبروں کے بیچوں بیچ بُرجی کے سامنے کھڑے ہو کر اس نے ہر بار تن کر سلوٹ کیا تھا ۔ اُس کے رنگین پتھر پر کندہ عبارت تو اس نے پہلے بھی کئی بار پڑھی تھی ۔ لیکن اس بار اس نے اُن کے معنی کو بھی پڑھا ۔ " جب آپ گھر جاؤ تو ان کو ہمارے بارے میں بتانا اور کہنا کہ ہم نے اُن کے کل کے لیے اپنے آج کی قربانی دی ہے ۔ "

ایسے بہت تھے جو اس بات کو سمجھ نہیں پاتے ۔ لیکن لفظ تو پتھر پر کندہ تھے ۔ وہ ان کو مٹا نہیں سکتا تھا ۔ وہ جو سرحد کا اونچا بُرج تھا ۔ ایک اکیلی گولی اس کی موت نہیں تھی ۔ وہ جو باتوں سے ٹوٹ جاتا تھا ۔ اس کا خود کو ہاتھیوں کا قافلہ سمجھ کر چلنا ہی زیب دیتا تھا ۔ اسے ایک سپاہی کی موت کی خبر بھی ایک سپاہی کی طرح ہی لے کر جانا چاہیے ۔ وہ ایک پرانا سپاہی ہے ۔ اُس کے تجربے میں میں گزرے ہوئے سالوں کی تربیت شامل تھی ۔ لہو سے لت پت ہوئی تین لڑائیوں کی تاریخ اس کے

ماتھے پر لکھی تھی۔ اَن جانے سے اَن گنت چہرے تھے۔ جو اُس کے اپنے لہو کے ساتھ گڈ مڈ ہو رہے تھے۔ فوجی کبھی بوڑھے نہیں ہوتے۔

فوجی کبھی کمر جھکانا نہیں جانتے۔

اُس نے اپنی کمر سیدھی تان لی اور چہرے پر فالتو جمے ہوئے سال پونچھ ڈالے۔

اُس نے اپنی برادری کے مرنے والوں کو سلام کیا۔ اور آکر ٹرک میں بیٹھ گیا۔

○

انسان روحانی اعتبار سے ترقی کرنا چاہتا ہو یا مادی اعتبار سے، ان دونوں کے لیے اس کی بنیادی ضرورت ہے اپنی ذات کی تلاش، اپنے آپ کی پہچان، اور یہ ذات کی تلاش یا پہچان آخر ہے کیا؟ اپنے اندر کی آواز کو پہچان کر، زندگی کے رموز کو سمجھنا اور ان کے حصول کے لیے ٹھوس عملی اقدام اٹھانا۔

کرپال قذاق کی کہانی 'گمشدہ' کا نتھا ناتھ کچھ ایسے ہی حالات کا شکار ہے جہاں اسے اپنی پہچان نہیں ہو پاتی، پہلے وہ زندگی کے ناہموار راستوں سے فرار حاصل کر کے سادھو ہو جاتا ہے۔ کڑی تپسیا کے بعد اس کا گورو اسے ناتھ بنا دیتا ہے۔ لیکن پھر جب اس کی زندگی میں اس کی بیوی اور ایک پاگل عورت آتے ہیں تو اس کا آسن ڈگمگا جاتا ہے، اور اسے ایسے لگتا ہے جیسے اس نے اپنی زندگی کا ایک حصہ بے کار ضائع کر دیا۔

نفسیاتی اعتبار سے اس کے اندر ہو رہی اس کشمکش کا یہ کہانی بہت ہی خوبصورت تجزیہ پیش کرتی ہے۔

کرپال قذاق

گمشدہ

بابا نہال ناتھ شنکھ پورنے میں لگا تھا کہ اچانک چند کور سامنے دکھائی پڑ گئی۔

"مسوشٹ کا ناش ۔ ۔ ۔ بھجن کا پرتاپ ۔ ۔ ۔ ۔ اڑے سو جھڑے ۔ ۔ ۔ ۔ بولے سو نہال ۔ ۔ ۔ ۔"

چند کور نے جیکارا لگایا۔ نہال ناتھ کانپ اُٹھا۔ "ہری اوم ۔ ۔ ۔ ۔ ہری اوم ۔ وہ گھبرا کر مندر کے چبوترے پر ہی بیٹھ گیا۔" اس کے پاؤں کے تلووں سے آگ نکلنے لگی۔ لرزتے ہاتھوں سے شنکھ نیچے جا گرا۔ اُس نے پیپل کے اندھیرے میں گہری نظر سے جھانکا۔ وہاں کچھ نہیں تھا۔ تکیے کے اُوپر سے کوئی چڑی بولتی ہوئی نکل گئی۔ کانپتے ہوئے دل سے وہ پھر اُٹھ کھڑا ہوا۔ شنکھ اُٹھایا۔ لنگوٹ ٹھیک کیا۔ اور ماتھے پر تیوڑی چڑھائے وہ جاپ کرنے لگا۔

"جے شو ۔ ۔ ۔ ۔" وہ بڑبڑایا

مندر کی چار دیواری سے تیل اور لسّی کی ملی جلی باس اُٹھ رہی تھی۔ اس نے تیز قدموں سے کھڑکی بند کی، اور باہر بیٹھنے والی "روِش" سے کڑچھا اُٹھایا، آگ کے دھونے کی طرف بڑھا، وہاں سے مریادا کے خلاف اُس نے چمٹا اُٹھایا، کڑچھے میں انگار بھرے۔ اُس کے آگے سمگری ڈالی اور آرتی کرنے لگا۔

وہ رُک گیا۔ چھپر کے نیچے سے لید کی تیز بدبو آئی۔ کڑچھے کی آگ سے نکلنے خوشبودار دھوئیں کے باوجود اُس نے اپنی ناک کو بائیں ہاتھ کی ہتھیلی سے دبایا۔ پھر وہ تیزی سے آگے بڑھا، اور خود سمگری

گئے دھوئیں میں لپٹے ہوئے "دھونی" دینے لگا۔ تکیے کے چاروں طرف کٹیا میں پیچھے آسن، مندر کی چار دیواری میں۔ پھر چھپر کی طرف پلٹا ہی تھا کہ رک گیا۔ سامنے چند کور کھڑی تھی۔ وہ بجھ سا گیا۔ اور دھواں اگلتے کڑچھے کو جھروکے پر ہی الٹ کر اپنے دھونے پر آبیٹھا۔ وہ ان منے من سے شنکھ پورنے لگا لیکن اس سے زور کی پھونک نہ ماری گئی اور شنکھ گھگھیائی سی آواز میں چیخ سا پڑا۔ ایسی بے مریادی پاپ تھی۔ نہہا ناتھ کو دکھ ہوا۔ اسے لگا کہ اس کا دل شانت نہیں تھا اور اس کے ہاتھ متواتر کانپ رہے تھے۔

بھوجن بھنڈار سے گھڑیال کا آخری گھنٹہ بج اٹھا تو وہ دل ہی دل میں بھگوان کا سمرن کرتا ہوا دھونے کے نزدیک ہی لیٹ کر ڈھیری ہو گیا۔ کسا ہوا لنگوٹ جسم میں گڑنے لگا۔ یہ سردیوں کی آمد آمد کے پہلے دن تھے۔ دھونے سے اٹھتا ہوا دھواں آنکھوں کے کونوں میں گڑتا تھا۔ اس نے اچاٹ من سے چلم بھری، اور کپڑے کے پچھے میں لپیٹتے اور دباتے ہوئے اس نے ایک ساتھ لمبے لمبے کش لیے۔ اسے لگا سرد رات آہستہ آہستہ اتر رہی تھی۔

اچانک باہری راہداری کے پاس آواز ہوئی۔ وہ سیدھا ہو کر بیٹھ گیا۔

شردھالو تھے۔ "جے ہو" نہہا ناتھ نے سکھ کا سانس لیا۔

وہ نزدیک آئے تو پتہ چلا کہ شیر ماجریا کا کرتارا اور ستیا نون گر تھے۔ پورے شرارت کے پتلے۔ نہہا ناتھ کے ذہن میں پچھلے دو دنوں میں ہوئے واقعات بجلی کی تیزی کے ساتھ کوند گئے۔ کوئی اور وقت ہوتا تو وہ ان آنے والوں کی طرف جھانکتا بھی نہ، لیکن تب وہ ان دونوں کو، ماتھا ٹیک کر لوٹتے اور چرنامت لیتے۔ ہلدی کے پاک پوتر حوض میں سے آگے پیچھے چلیاں بھرتے دیکھتا رہا۔ لیکن وہ جیسے ہی جانے کے لیے مڑے ٹھٹھک گئے۔

سمادھیوں کے عین بیچ و بیچ چند کور کھڑی تھی۔ "دشٹ کا ناش۔ ... بھگتوں کا پرتاپ ... " وہ ڈرا دینے والے لہجے میں بولی۔ بال کھلے ہوئے، پھٹے ہوئے کپڑے، ہاتھ میں نیام میں پڑی کرپان۔

دونوں ٹھٹھر گئے۔ چند کور کا وکرال ڈراؤنا روپ آنکھوں کے آگے گھومنے لگا۔ "معاف کرو بھگتنی ... سیوک میں تمہارے ..." کرتارے نے ہاتھ جوڑے۔

چند کور ٹل گئی۔ دونوں نے شکر کیا۔ تبھی دھونے کے قریب دیوگر آ کھڑا ہوا۔ "بھوجن لے آؤں جی؟"

"نہیں۔" نہا ناتھ غصّے سے بولا۔ لیکن ساتھ ہی بھوک کی شدت پیٹ کو کاٹتی چلی گئی۔ دیوگری خاموش لوٹ گیا اور چاروں طرف پھر چپ سی چھا گئی۔ ویسے بھی تکیے کی چپ مشہور تھی ایک تو ڈیرے کا ماحول ہی ایسا تھا۔ باقی کمی نہا ناتھ پوری کر دیتا۔ لوگ کہتے تکیہ چمتکاری اور معجزے والا ضرور تھا۔ کوئی ایک بار یہاں آکر جھکتا تو دنیا میں دس گُنا اُس کا سر اونچا ہو جاتا ہے۔ لوگوں نے ایسے معجزے آنکھوں سے دیکھے تھے۔ سڑک پر چلی جا رہی بس اچانک خراب ہو جاتی جب تک سواریاں اُتر کر تکیے کے کنویں پر پانی وانی پیتیں انجن اسٹارٹ ہو گیا ہوتا۔

ایک بار نور پور کا لدھا سنگھ گڑ لاد کرلے جا رہا تھا۔

"کیا لادلیا؟" اپنا پچھلا علاقہ چھپانے کے لیے نہا ناتھ جاگردوں کی طرح بولتا تھا۔

"بانڈ ومٹی ہے باباجی۔" لدھا سنگھ نے جھوٹ بولا۔

پتہ تبھی لگا جب لدھا سنگھ ابھی میل بھر بھی نہیں گیا تھا۔ ایک گہری بدلی آسمان پہ چھا ہو کر برسی کہ سارا گڑ خراب ہو کر بہہ گیا۔

"دودھ کتنا ہے ان کے نیچے؟" نہا ناتھ نے یونہی پوچھا تھا۔

"سب کھنڈر مال ہے باباجی۔ دودھ دینے والی کوئی نہیں۔ گجروں نے بات ہی پوری نہ ہونے دی تھی۔

اُس رات ریوڑ میں دو بھینسیں بیاہی گئیں۔ ایک دودھ دینے سے بھاگ گئی۔ دوسری مر گئی۔

نہا ناتھ جانتا تھا کہ یہ محض اتفاق تھا۔ لیکن لوگ کہتے "نہیں" یہ کرامات ہے۔ معجزہ ہے۔ اسی لیے پورے علاقے میں تکیہ اور نہا ناتھ کو چمتکاری سمجھا جاتا تھا۔ کچھ دنوں میں ہی ڈیرے پر رونق ہو گئی تھی۔ دیکھتے ہی دیکھتے کنویں کی من، تکیے کی چار دیواری، بھوجن بھنڈار، اور آنے جانے کے مسافروں کے لیے کمرہ، اور آسن پر چھت پڑ گئی تھی۔

تکیے کے چاروں طرف پیڑوں کی گھنی قطاریں تھیں۔ ان کی ٹھنڈی چھاؤں ہر آنے والے کو اپنی گود میں لے لیتی۔ اسی چھاؤں کی وجہ سے نہا ناتھ کو نہ کبھی گرمی لگی تھی نہ سردی لیکن

وقت بدل گئے تھے۔ کل ہی گاؤں میں قتل ہوگیا تھا۔ اُسے چند کور یاد آئی اور اس کا تن من ڈر سے بھر گیا۔ اُسے لگا جب سے چند کور نے اُس کے کان سے چھلا کھینچ لیا تھا تب سے اُس کی شکتی جواب دے گئی تھی۔

اچانک پاؤں کی چاپ سُنائی دی۔ چند کور تھی۔ شاید بھوجن کر کے لوٹی تھی۔ پھر وہ بے دھڑک تکیے کی طرف بڑھی اور کینڈو کے نیچے جا کر لیٹ گئی۔ نتھا ناتھ ڈورا بھورا، حیران سا ہو کر چند کور کے چہرے کے چراغ کی کانپتی لَو دیکھنے لگا۔

چند کور نے اپنا سر نمک اور جھاڑو کے چڑھاوے والے ڈھیر پر ٹکا دیا تھا۔ اُس نے بوریا اپنے اوپر اوڑھا اور لمبی تان لی۔ چند کور یہ نہیں جانتی تھی کہ اُس کے سر کے نزدیک سے ہی چینٹیوں کی لمبی قطار سرکتی ہوئی جا رہی ہے۔ جو کینڈو کے بڑے سوراخ میں رکھے اناج کے بھنڈار کو کھا رہی تھی۔ کبھی چند کور بھی کل کی فکر کی ستائی اسی طرح چلتی رہتی تھی۔ لیکن آج ....

دلوگری نتھا ناتھ کے پاس آ کر کھڑا ہوگیا۔ لیکن پھر کچھ یاد آجانے کے بعد باہر کے دروازے کو بند کرنے چلا گیا۔ لوٹ کر دُھونے کے پاس آ کر کھڑا ہوگیا۔ جھجھکتا رہا۔ فرض کے طور پر اُس نے گورو کی تمباکو کی پوٹلی کو چھو کر دیکھا۔ بیراگن کو نمسکار کیا، "ترشول کو چھوا" اور بھبوت کانوں کو لگاتے ہوئے نتھا ناتھ کی طرف دیکھا۔ کل سے وہ گورو جی کے رویّے میں تبدیلی دیکھ رہا تھا۔

"اور حکم جی۔" اُس نے سانس روک کر پوچھا۔

کوئی اور وقت ہوتا تو نتھا ناتھ اُسے سونے سے پہلے پرماتما کی طرف دھیان کرنے کو کہتا لیکن اس وقت اُس نے صرف ٹھنڈی سانس بھری۔ "ہری ہر ...."

دلوگری سونے کے لیے پلٹا تو نتھا ناتھ کچھ کہتے کہتے رُک گیا۔ پھر اُن منے سے بولا "سنیو" نتھا ناتھ کو جیسے درد سا ہو۔ "اس سُسرے کو دیکھ لینا .... کہیں ...." نتھا ناتھ نے بات ادھوری چھوڑ دی۔ لیکن گھورے کے بچھڑے کا خیال آتے ہی اُس کے جسم سے بجلی کی رَو دوڑ گئی اور اُس کا سارا وجود بے چینی سی میں بھر گیا۔

آخر کیا ہوتا جا رہا تھا اُسے۔ اُس نے تڑپ کر سوچا۔ کیوں اُس کا اپنے آپ پر قابو نہیں رہا تھا۔ پھر اُسے بلا وجہ ہی دوپہر کا واقعہ یاد آگیا۔

کوئی شہری پریوار نزدیک والے گاؤں بستی کو ماتھا ٹیکنے آیا۔ اور وہ تکیے پر بھی سر جھکانے آگیا تھا۔ کسی کو پتہ ہی نہ لگا کہ کیا ہوا۔ ننھا ناتھ پاگلوں کی طرح آسن سے اٹھا اور بلا کسی وجہ کے چھپر کے نیچے بندھے بچھڑے کو جا کر مارنے لگ پڑا لکڑی کی بیراگن کے ساتھ ہی۔۔۔۔

اس شہری پریوار میں جوان لڑکے لڑکیاں بھی تھے۔ ننھا ناتھ کے اوپر سے کمبلی اتر کر زمین پر گر گئی۔ اس کی جٹائیں سن کی رسیوں کی طرح ہوا میں اڑ رہی تھیں۔ لنگوٹ کمر سے بھی نیچے کھسک گیا۔ شہری بچے للکاریاں مارتے دور بھاگ گئے۔ انھوں نے شرماتے ہوئے ایک دوسرے کی طرف دیکھا اور ہونٹوں پر شرارت بھری مسکراہٹ پھیل گئی۔

مار کھانے کی وجہ سے بچھڑا لید میں ہی گر گیا تھا۔ جیسے ننھا ناتھ کی برسوں کی تپسیا "مل موتر" میں جا گری ہو۔ گالیاں ہوا میں تیرنے لگیں۔ شردھالوں کی بھیڑ نے ننھا ناتھ کی طرف حیرانی سے دیکھا۔ تب سے لے کر اب تک ننھا ناتھ کے سر پر موت کا ایسا پہرا رہا تھا کہ قدم قدم پر مریادا بھنگ ہوتی چلی گئی تھی۔ اور یہ گھور پاپ تھا۔

کبھی۔ اس مریادا کے بھنگ ہونے کے خیال سے ننھا ناتھ کے وجود میں تھرتھراہٹ کپکپی سی چھڑ جاتی۔ اس درد کو یا تو وہ یاد ہی نہیں کرنا چاہتا تھا۔ یا وہ بھول چکا تھا۔ وہ تو شاید یہ بھی بھول چکا تھا کہ وہ بغیر زمین کے جاٹ کا ڈرپوک بیٹا تھا۔ پانچ بیٹیوں کے بعد پیٹ گھسائی کی اولاد۔ جس کا باپ لابھا منشی غربت کا ایسا شراپ لے کر پیدا ہوا تھا کہ جس کے پہلے غصے سے ہی ننھا ناتھ کو بوڑھے کلال کا "کاما" بنا کر رکھ دیا تھا۔

تب ننھا ناتھ کے منگلاوے یعنی گونے کے دن تھے۔۔۔۔ اور وہ نینو تھا۔ منشی لابھے کا بیٹا نینو لابھے کے سر پر اتنا قرضہ تھا کہ بوڑھے کلال کے دو کنوارے بھائیوں کے ساتھ نینوں کی دو جوان بہنوں کا رشتہ کر دینے کے بعد بھی قرضہ نہیں اترا تھا۔ رہا نینو کا کاما یا مزاری بن کر کام کرنا تو اس سے بیاج بھی پورا نہیں ہوتا تھا۔

بوڑھا کلال بے رحم تھا۔ اتنا جتنا کوئی زمین جائیداد والا ہو سکتا تھا۔ ترس ترس کر پیدا ہوئے بیٹا ہونے کی وجہ نینو لاڈ پیار میں پلا تھا۔ بہنیں بھائی کو زمین پر پاؤں نہ رکھنے دیتیں تھیں۔ اس لیے وہ گنواروں کی طرح ہی کام میں ہاتھ لگا پاتا تھا۔ بوڑھا اپنے کامے کی ہڈیوں کو نچوڑ کر لہو نکالنے

کا عادی تھا۔ لیکن جب نینو اور اُس کی گونے والی رنگین راتیں بھی بوڑھے کی پیس دینے والے نظریے کے نیچے دب گئیں تو نینو کے اندر چھپے ہوئے جاٹ نے لاٹھی اُٹھالی۔ بات تُو تُو میں میں سے ہوتی ہوئی بیٹی بہن کی گالی سے بھی آگے نکل گئی۔

بوڑھا کھاتا پیتا آدمی تھا۔ اپنی بے عزتی کے دام لگانے جانتا تھا۔ نینو کے لیے دو ہی راستے تھے۔ باپ کا قرضہ چکائے یا پھر سزا اُٹھائے کی قیمت ادا کرے۔ لیکن اس نے کروٹ بدل کر تیسرا راستہ ڈھونڈ لیا۔

گاؤں والوں کی آنکھ بچا کر وہ اسٹیشن پر چلا آیا۔ دوبار اسٹیشن سے گاڑی نکلی بھی لیکن وہ کھڑی نہ ہوئی۔ ہار کر وہ پلیٹ فارم پر بیٹھی ایک سادھوؤں کی ٹولی کے پاس جا کر کھڑا ہو گیا۔

سادھو شاید جانی جان تھے۔ یا شاید ان کو ترس آگیا۔ اُنھوں نے اسے کھانے کو بھوجن دیا۔ اور آدھی رات کو گٹھڑی اُٹھا کر چلنے کے لیے کہا۔ جاگتا سوتا نینو، ریل کے ڈبے کی راہداری میں جا بیٹھا۔

نینو کی تو جیسے برسوں کے بعد آنکھ لگی تھی۔ بیٹھتے ہی وہ گہری نیند سو گیا۔ جب اُس کی آنکھ کھلی وہ ہری دوار کے اسٹیشن پر تھا۔ بعد میں پتہ چلا کہ اس ٹولے کا بڑا گورو سادھو کنکھل میں تھا۔ عین پہاڑوں کی گپھاؤں میں۔ دِگمبر ناتھ پہنچا ہوا پرانا یامی..... لوگ کہتے تھے کہ منہ سے کپڑا ڈال کر نیچے سے نکال دیتا تھا۔ سانس کھینچ کر گلے میں روک لیتا تھا۔ آٹھ پہر بعد اناج منہ کو لگاتا۔ آنکھیں شعلوں کی طرح جلتی ہوئی اور چہرے سے نور ٹپکتا تھا۔ اُس کے مٹھ میں بیس ناگے سادھو کمر میں لنگوٹ، اور تن پر کمبلی۔

وہاں صبح شام لنگر بنتا تھا۔ لیکن لنگر بٹتے وقت بڑا سادھو خود کھانے والوں کی قطار کے سامنے کھڑا ہو جاتا۔ سامنے بھوجن پروس کر سب کو پرماتما سے دھیان جوڑنے کو کہتا کسی چیلے کا دھیان اندر سے ٹوٹتا تو لوہے کی زنجیر کوڑے کی طرح پیٹھ پر پڑتی۔ اور اس طرح کنکر، پانی کی سیوا میں لگے نینو کی بھوک مرتی مرتی بالکل مر گئی تھی۔ پوس ماگھ کی ٹھٹھری ہوئی راتوں میں "جل دھارا" شروع ہوتی۔ جیٹھ اساڑھ کے مہینے میں دھونے تپنے لگتے۔ اس طرح آنے والی نیند نینو کی جاگتی آنکھوں میں ہمیشہ ہمیشہ کے لیے کھڑی ہو گئی۔

جس دن وہ نینو سے نتھاناتھ بنا، سوجھے سے کان چھیدتے ہوئے بڑے سادھو نے شرط رکھی۔ درد سے اوپر اٹھنا۔۔۔۔"

چالیسویں میں چار پہر ٹھنڈے پانی میں ننگے کھڑا رہا۔ چار پہر جسم کے پوشیدہ حصّوں کو دھونے کی گرم گرم راکھ میں دبا کر رکھا۔ اور اس چالیسویں کے دوران بلا زمین کا جاٹ نینو مرتا مرتا مر گیا اور اس میں سے نتھاناتھ پیدا ہو گیا تھا۔

جب نتھاناتھ کو مندروں کی بخشش ہوئی تو بڑے سادھو نے پانچ اقرار کرائے۔

"دیکھو۔" انھوں نے دھونے کی طرف اشارہ کیا۔ "کام کرودھ کی آگ کو قابو میں رکھنا۔ صرف اپنے اندر کی آتما کی آواز کو سننا۔۔۔۔ من کی خواہشیں، گوشت، شراب سب ممنوع۔۔۔۔" پھر جیسے غصّے سے بولے۔ گھر اور گرہستی سب تمہارے لیے زہریلے۔۔۔۔ اور آخری بچن سنو۔ نواندری کا بھوگ، نرک کا بھوگ۔۔۔۔" اور دسواں دوار برہم کو ملنے کا راستہ ہے۔" پھر انھوں نے نتھاناتھ کے بالوں میں گنگا جل اور دھونے کی بھبھوت ڈالتے ہوئے آخری حرف کے طور پر کہا۔ "جاؤ اور سمرن اور بھجن کرو۔۔۔ آج سے تم بھگت ہوئے۔"

اور آج جس بھگتی کے مرتبے تک وہ پہنچا تھا، وہ اس کی آنکھوں کے سامنے تھا۔۔۔۔'

ویسے مٹھ چھوڑنے کے بعد بھی وہ بڑی کشمکش سے گزرا تھا۔ کہاں کنگل اور کہاں اس کے لشتینی گاؤں سے کچھ کوس کے فاصلے پر یہ تکیہ۔ چھجن نائی نے پہلی نظر میں ہی اسے دھونے پر بیٹھے کو پہچان لیا تھا۔ یہاں تک کہ اگلے دن ہی بچے کو گود میں اٹھائے گلزارو اس کے سر پر آدھمکی تھی۔ تکیہ کسی پیر کا تھا۔ لیکن نتھاناتھ نے ہندو ہونے کی وجہ سے کچھ دور ہٹ کر مندر کی چار دیواری کھڑی کر کے، اپنا دھونا گاڑ دیا تھا۔ اسی وجہ سے مندر اور تکیہ مل کر اب ڈیرا کہلانے لگے تھے۔

شوہر کو اس حال میں دیکھ کر گلزارو کے پاؤں سے زمین نکل گئی تھی۔ سر پر جٹائیں، رنگ جلا ہوا ہاتھوں میں چلم، کمر میں لنگوٹ، ننگا جسم، الجھی داڑھی اور منہ میں ہری اوم۔۔۔ ہری اوم۔۔۔"

گلزارو کا من بجھ گیا تھا۔ اس کا نینو کہاں تھا۔ اپنے برے سنجوگوں پر اسے آنکھیں بھر بھر رونا آیا۔ دنیا کے لاکھ کہنے پر بھی نینو کے مر جانے کی بات کو اس کے دل نے نہیں مانا تھا۔ نینو نے پیٹھ دکھا کر بھاگ جانے کے تین مہینے بعد ہی اس کے ہاں گول گول سا نرم بیٹا پیدا ہوا تھا۔ اس بچے کو نینو کے جیتے

ہونے کے بارے میں اُس نے لمبی لمبی لوریاں گائی تھیں۔

ایک پل کے لیے ننھا ناتھ کی شکل میں ننو کے ہونے کا گلزارو کو یقین ہی نہ آیا۔ لیکن رہ رہ کر اس کے اندر سے آواز اٹھتی: "گلزارو بندی۔ یہ ہے تیرا ہی چور۔۔۔"

ہمت کرکے وہ ننھا ناتھ کے عین سامنے جا کر کھڑی ہو گئی۔ "تم تو بنے پھرتے ہو رمتے جوگی۔ مجھے بتاؤ کس کنویں میں جا گروں۔"

ننھا ناتھ کانپ اٹھا۔ جٹائیں بوجھل ہو گئیں۔ بھبھوت تن پر مرچوں کی طرح کاٹنے لگی۔ لیکن وہ سنبھل گیا۔ اس نے نظر بھر کر گلزارو کی طرف دیکھا۔ بھرا ہوا جسم۔۔۔ چڑھتی عمر۔۔۔ بچے کی پیدائش کے بعد اس کا جسم اور بھر گیا تھا۔ ننھا ناتھ نے سوچا۔ اس جیسی عورت کو بیٹھ دکھا کر اس نے "گئو ہتیا" جیسا پاپ کیا تھا۔

اس کے اندر محبت جاگ اٹھی۔ جسم بھٹی کی طرح تپنے لگا۔ ماتھے میں کچھ ٹس ٹس کرکے بجنے لگا۔ گناہ گاروں کی طرح وہ تکیے کی آڑ میں جا بیٹھا۔

"رب کے واسطے چلی جا۔۔۔" اس نے ہاتھ جوڑے۔

گلزارو پھوٹ پھوٹ کر رونے لگی۔ برسوں سے کبھی عورت کے اتنے قریب ہونے کا سکھ اس نے کبھی نہیں بھوگا تھا۔ بے بس ہو کر اس نے گلزارو کو اپنی باہوں میں سمیٹ لیا۔

"ہری اوم۔۔۔ ہری اوم۔۔۔"

اس نے سمرن کرنا چاہا۔ لیکن اس کے سمرن کرنے والے ہر ایک سانس کو گلزارو کے گرم سانس ہی نگلے جا رہے تھے۔ سانس، جن کو وہ اپنے زیادہ نزدیک محسوس کر رہا تھا۔

"اور نہیں تو بچے کی طرف ہی دیکھ۔۔۔" گلزارو آہیں بھرتی ہوئی بولی۔

لیکن ننھا ناتھ کو کچھ بھی دکھائی نہیں دے رہا تھا۔ جب تک اس کے ہوش واپس آئے وہ گلزارو کی گود میں پڑا تھا۔ جیسے اس کا لوک پرلوک ہی سب کا سب غلاظت میں گر گیا ہو۔ بچہ رو رو کر پریشان ہو رہا تھا۔ جیسے دگمبر ناتھ ہی بلک رہا ہو۔

گلزارو سوچ رہی تھی۔ کچھ دیر پہلے ننھا ناتھ کو دیکھتے ہی جس غلاظت کا احساس اس کو ہوا تھا۔ ننھا ناتھ کا جسم چومتے ہوئے اس کا احساس کیوں نہیں ہوا تھا۔

تھا ناتھ کو محسوس ہوا جیسے اُس کی جٹائیں اُس کے جسم کو کاٹ رہی تھیں اور بھبوت عجیب قسم کی چپچپاہٹ پیدا کر رہی تھی۔ اُس نے نظر بھر کر گلزارو کی طرف دیکھا۔ تکیے کی زرد روشنی میں وہ ننگی پڑی تھی۔ تھا ناتھ کے سر میں کوئی غبار سا اٹھا اور آنکھوں کے آگے اندھیرا پھیل گیا۔ پھر یکایک محسوس ہوا جیسے حسن بینو کو وہ کتنی مدت پہلے دگمبر ناتھ کے مٹھ پر چھوڑ آیا تھا۔ وہ اُس کے پاس ہی کہیں تھا۔

"بھید نہ کھولنا کسی کے پاس ..... نہ ہی خرچ پیسے سے تنگ رہنا تم ... یہ بس جب دل کیا، چکر کاٹ جانا۔" تھا ناتھ نے پیار جتلاتے ہوئے کہا۔

"کیا کہا...؟" گلزارو آگ کی لو کی طرح دہکتی ہوئی بھبکی۔ "تم سمجھتے ہو۔ چوری چھپے عورت بنی رہوں تمہاری؟ بول اوے سادھا..." پھر وہ چیخ کر بولی تھی۔ "یہ نوٹوں کی دھونس دے رہے ہو؟ اٹھالے اپنے....."

اور وہ پھینک کر مُنہ پر مارتی، اور جلدی سے کپڑے پہنتی، دور تک بک بک کرتی چلی گئی تھی۔

وہ دن اور یہ دن۔ نہ ہی گلزارو دوبارہ لوٹی تھی اور نہ ہی تھا ناتھ نے کسی دوسری عورت کا سایہ دھونے پر پڑنے دیا تھا۔

تھا ناتھ سے تو چند کور کا ڈیرے پر آکر ٹکنا بھی برداشت نہیں ہوا تھا۔

چند کور جو بیگوں کی بہو اور گندو ملا ہی کی بیٹی تھی۔ غریب باپ کی بیچاری بیٹی جس کی قسمت شادی کی ویدی پر ہی بک گئی تھی۔ غریب باپ کسی جاٹ کے بہکاوے پھسلاوے میں آکر قتل کے کیس میں جا پھنسا۔ ماں تاریخیں بھگتتی مر گئی۔ لے دے کر ایک عیبی ماما بچا تھا۔ اُس نے چند کور کے گدرائے جسم کے دام کھرے کر لیے۔ صرف دام ہی نہیں کمائے، ایک طرح سے بیگوں کی ہوس کی آگ میں جھونک دیا۔

بیگوں کی جدی زمین نہ ہونے کے برابر تھی۔ اس لیے کوئی اچھے گھر کا رشتہ اُن کے دروازے پر نہیں آیا۔ آخر کو قسمت کا کڑوا پھل کھانا پڑا۔ پھل بھی ایسا کہ کہنے کو چند کور نیچے گُل کی بیاہتا بن کر آئی تھی لیکن تھی وہ پانچوں کی پنچائی ہی دن کے وقت گھر کا گوہا کرکٹ سمیٹتی، رات کو جنسی بھوک کی دہشت

جھیلتی لیکن اُسے ابھی کچھ مہینے ہی گزرے بیتے تھے کہ ایک رات اُس کے دونوں جیٹھ سوئے ہوئے ہی مر گئے۔ صبح لوگوں کی اپنی اپنی باتیں اُٹھیں۔ کسی نے کچھ دے کر مار دیا۔ کسی نے کہا پرماتما کی مار کسی نے کہا بھائیوں کی رنجش نے راستہ ہموار کر لیا۔ بہتوں نے کہا، چنند کور کا کارنامہ۔ رہتی باقی دور نزدیک کے شریک جیسے داروں نے بات اُڑا دی جنکی زمین بیکوں کا گھر بس جانے کی وجہ سے آتی آتی رہ گئی تھی۔ اِس طرح طرح کی دنت کتھائیں چنند کور اُن کے جبڑے کے نیچے آ گئی اور بات چنند کور کی لعنت ختم کرنے پر رُکی کچھ دیر گاؤں کی گلیوں میں رُلتی رہی پھر گوردوارے جا بیٹھی۔ آخر تکیے کی ہو کر رہ گئی۔

تب سے کہتے ہیں بے چاری چنند کور کا دماغ ہل گیا۔ کچھ دیر گاؤں کی گلیوں میں رُلتی رہی.... پھر گوردوارے جا بیٹھی... آخر تکیے کی ہو کر رہ گئی .... اب تکیہ ہے یا چنند کور ہے۔ دل کیا تو کسی سے بات کر لی۔ دل کیا تو بگڑ بیٹھتی جدھر دل کیا ادھر دیکھے جاتی، آنکھیں جھپکائے بغیر.... بالکل پاگلوں کی طرح۔ ننھا ناتھ ڈر جاتا۔ آدھی رات کو کنوئیں پر نہانے کھڑی ہو جاتی۔ الف ننگی، ننھا ناتھ کے تلوے جلنے لگتے۔

اُسے گلزارو یاد آتی۔ گھر اور بیٹا یاد آتے۔ اندر سے ہوک سی اُٹھتی۔ باقی رات لمحہ لمحہ آنکھوں میں کنکروں کی طرح لوٹنے لگتی کبھی محسوس ہوتا۔ وہ کوئی بہت بُرا شراپ بھوگ رہا تھا کبھی اُسے لگتا کہ چھوٹی مریادا کے گہرے اندھیرے میں وہ ایسے ہی ایک دن گم ہو جائے گا....

ایک کے بعد ہوئے ایک دو واقعات نے اس کے یقین کو اور بھی پختہ کر دیا تھا....

ایک عرصے سے تکیے پر نمک اور جھاڑوں کا چڑھاوا چڑھتا تھا۔ ناتھ ہونے کی وجہ سے ننھا ناتھ نے تکیے کے نزدیک مندر کی چار دیواری بھی بنوائی تھی۔ تکیے اور مندر دونوں کی دہ دوق بنی کرتا تھا۔ اس طرح تکیے پر مرغ کا چڑھاوا چڑھنے لگا۔ اور مندر پر اناج دانہ۔ ننھا ناتھ کے لیے تو گوشت والا بھوجن منع تھا۔ لیکن ایک رات تکیہ کے باہر کوئی شردھالو گھوڑے کا بچھڑا باندھ گیا۔ وہ بچھڑا کیا باندھ گیا۔ ایک طرح سے موت کا دوت باندھ گیا۔

برسوں سے ننھا ناتھ اپنے صدق ایمان پر قائم رہا۔ گلزارو کے چلے جانے کی وجہ سے اُس کے اندر اکیلا پن بھر گیا تھا۔ بس چلتے کبھی اس نے سڑک کی طرف بھی نہیں دیکھا تھا۔ ماتھے سے اُٹھنے والی ہر ترنگ کو اس نے بے رحمی سے دھونے میں جھونک دیا تھا۔ جیسے اندر کے نیئو کو ہی اُس

نے جلتی چتا میں جھونک دیا ہو۔ اس لیے نہیں کہ وہ کسی مکتی کے لیے کوشاں تھا۔ بلکہ اس لیے کہ کسی چھوٹی سی پیاس کی وجہ سے ہی اس کے من اور تن کا آسن ڈگمگانے لگتا تھا۔

لیکن بچھیرا اتنا ناتھ نہیں تھا کہ اسے وہ جیسے جی چاہے، روک لیتا۔ جیسے ہی کوئی گھوڑی تانگہ سڑک سے گزرنے لگتا۔ بچھیرا اپنے کان اٹھا لیتا۔ ہوا میں سونگھنے لگتا۔ سُم پٹختا، رسی کھینچتا، اور اس کے جسم میں جنسی خواہشات کی ترنگیں اٹھنے لگتیں۔

ایسے موقعے پر بچھیرے کے سم تنھا ناتھ کی چھاتی پر بجنے لگتے۔ اس کی کپکپی تنھا ناتھ کے وجود میں سے ہو کر گزرتی۔ تنھا ناتھ کے لیے سب کچھ برداشت سے باہر ہو جاتا۔ کبھی دل میں آتا کہ چڑھاوے کی اور چیزوں کی طرح بچھیرے کو بھی کسی کے ہاتھ بیچ دے۔ لیکن ہمت نہ پڑتی۔ تنھا ناتھ کے لیے کسی بھی چیز سے موہ پیار منع تھا۔ لیکن بچھیرے کی طرف دیکھتے وہ کچھ اور کا اور ہی سوچنے لگ جاتا۔

سمرن کے لیے بیٹھتا تو کانوں میں انہد شبد کی جھنکار کی جگہ بچھیرے کی ہنہناہٹ گونجنے لگتی ــ۔ وہ سوچتا بچھیرے کو چھپر کے نیچے سے سڑک بھی دکھائی نہیں دیتی۔ پھر بھی وہ سڑک سے گزر رہے کسی گھوڑی تانگے کے بارے میں جان جاتا ہے۔ لیکن تنھا ناتھ کو تو بہت کچھ دکھائی دینے کے باوجود دکھائی نہیں دے رہا تھا۔ پھر وہ دکھی ہو کر سوچتا۔ گلزارو کو بھولنے کی کوشش میں وہ کتنا کچھ بھولتا چلا گیا تھا۔ اسی لیے اس کی اُداس اور اُچاٹ آنکھیں بے کار ہی کچھ ڈھونڈتی رہتیں۔ عام طور پر اسے پتہ ہی نہ چلتا کہ اس بھٹکن میں وہ کیا تلاش کر رہا تھا۔ مکتی، شانتی، چندکور یا گلزارو.....؟

لیکن چندکور تو اچانک ایک دن کہیں گم ہو گئی تھی۔ کسی نے اسے گوردوارے کے احاطے میں پل دو پل کے لیے دیکھا تھا اور بس..... پھر پتہ ہی نہ چلا کہ وہ کدھر گئی۔ پاؤں میں مریادا کی زنجیریں نہ پڑی ہوتیں تو تنھا ناتھ خود ڈھونڈنے کے لیے نکل جاتا۔ لیکن اس کے لیے تو دنیا کی کسی بھی چیز سے موہ پیار منع تھا۔

چندکور کا ڈیرے میں رہنا تنھا ناتھ کو کبھی بھی اچھا نہیں لگا تھا۔ لیکن اس کے چلے جانے نے ڈیرے کو موت کی اُداسی سے بھر دیا تھا۔ تنھا ناتھ کو پہلی بار احساس ہوا۔ شرھا نہیں

کی بھیڑ کے شور میں وہ کتنا اکیلا تھا۔

تیسرے دن چند کور آئی تو سب دنگ رہ گئے۔

سر پر جوڑا گلے میں کرپان کا گاتزا، چہرے پر لالی' اور منہ پر بولے سو نہال ..... وہ کھنڈے باٹے کا امرت چکھ کر لوٹی تھی۔ اس کی وینی میں پڑے ہوئے کڑے کھنکھنائے۔ آنکھوں میں غصہ بھر اٹھا۔ ننھا ناتھ نے حیرانی سے جھانکا۔ گاؤں سانس روک کر سوچ میں پڑ گیا۔

تیسرے دن حضور سنگھ بیکے کا قتل ہو گیا۔

لوگوں نے کہا آدھی رات کو گاؤں میں اندھیری سی آئی اور گھر کے عین آخری چوبارے پر گہری نیند میں سوئے حضورا سنگھ بیکے کی آنتیں کسی نے پور پور کر کے کاٹ دیں۔ صبح گاؤں نے لاش کو وہاں پڑے دیکھا جہاں کبھی چند کور کو بے عزت کیا گیا تھا۔

کوئی اس سے بھی زیادہ بے رحم ڈھنگ سے بدلہ لے سکتا تھا۔ یہ بات تو سب کی سمجھ میں آتی تھی۔ لیکن چوبارے سے لاش کو اٹھا کر آنگن میں لا پھینکنا، چند کور جیسی عورت ذات کے بس میں نہیں تھا۔ سوچتے سوچتے لوگوں کے سر چکرانے لگے۔ لیکن ایک بات سب نے اچھی طرح مان لی۔ چند کور پاگل نہیں تھی۔ اور وہ عورت کی شکل میں کوئی خطرناک موت کا روپ تھی...

ننھا ناتھ نے خود دیکھا۔ چند کور 'چند کور نہیں رہی تھی۔ پیر کی قبر سے چڑھاوے کا پرشاد بھی کھا جاتی۔ اونچی آواز میں جیکارا بول کر وہ کسی جاتے ہوئے مسافر کے سامنے جا کر کھڑی ہو جاتی۔ اپنی ناک کی گھوڑی آگے بڑھا کر وہ چیختی: "دکھائی دے رہی ہے شمشیر..."

کبھی راستے میں مٹی کا ڈھیر اکٹھا کر کے چلنے والے کو ڈرا دیتی۔

"خبردار! تجھے مری ہوئی کنواری کنیا دکھائی نہیں دیتی؟"

چندر کور میں آئی اس تبدیلی نے سارے گاؤں کے علاوہ ننھا ناتھ کو بھی جھنجھوڑ کر رکھ دیا تھا۔ رہ رہ کر اس کے کانوں میں چند کور کی کڑکتی آواز گونجنے لگتی۔ وہ پریشان ہو کر سوچنے لگتا کہ کیا یہی چند کور تھی جس کے منہ سے آواز نہیں نکلتی تھی۔ آخر یہ تبدیلی کیوں اور کیسے آئی، لیکن ننھا ناتھ کی کچھ سمجھ میں نہ آیا۔ اور اس کا ماتھا کمان کی طرح تن جاتا۔ اس کی سانس اکھڑنے لگتی اور اپنے لیے اس کے اندر کوئی پچھتاوا سا بھر جاتا۔

پھر ننھا ناتھ نے گاؤں میں اُڑتی ہوئی افواہوں کو بھی سُنا۔

چند کور خود ہی بارود کی ڈھیری پر جا بیٹھی۔ کوئی کہتا خطرناک آدمیوں کے ہتے چڑھ گئی ہے۔

بہتوں نے کہا۔ "کھنڈے کا امرت "کوئی خالہ جی کا باڑا نہیں۔۔۔ چڑیوں سے باز لوٹتے ہیں۔۔۔

لیکن پتہ نہیں کیوں ننھا ناتھ کو چند رکور کے چہرے پر عجیب سی سختی پھیلی ہوئی دکھائی پڑتی۔ آنکھوں میں غصہ شور مچاتا ہلوا دکھائی پڑتا۔ اسے چند کور پر رشک آتا۔ ماتھے میں ایک ٹیس سی اُٹھتی۔ شاباش! چند کور کی جگہ وہ خود ہوتا اور اس کے سامنے بوڑا کلال۔۔۔۔

لیکن بوڑھے کلال سے تو ننیو کی دشمنی تھی اور ننیو جو پتہ نہیں کب کا مر چکا تھا۔ مر چکا تھا تو گلزارو اُس کے ذہن میں کیوں بیٹھی تھی کیوں اس کے نقش نین، چند کور کے نقش نین میں گھل مل کر دکھائی دیتے تھے۔

پچھلی رات تو حد ہی ہو گئی۔

آدھی رات آ گئے۔ آدھی رات پیچھے۔ کسی غیبی طاقت کی طرح چند کور سامنے آئی اور دھوئے کے بالکل قریب آکر بیٹھ گئی تھی۔ شریفوں کی طرح۔

ننھا ناتھ نے شکر ادا کیا۔ چند کور خالی ہاتھ تھی۔ اُسی وقت ننھا ناتھ کے کان کو انگارے جیسی کوئی چیز چھوگئی ایک بجلی کی لہر سی اُس کے سر کی طرف بڑھی۔ کہنی پر خون کے کچھ قطرے گرے۔ ننھا ناتھ کو کوئی شک نہ رہا، پکا یقین ہو گیا کہ اُس کے کان کا مندرا کھینچ لیا گیا تھا۔

اُس نے چیخ مارنی چاہی۔ لیکن وہ تو جیسے پتھر ہی ہو گیا۔ اُس کا دل بیٹھنے لگا۔ ننھا ناتھ نے جسم میں طاقت اکٹھی کرنے کی کوشش کی۔ لیکن بے سُود۔ اُس نے یوں محسوس کیا جیسے بھبک کرتا ہوا کچھ اُس کے اندر بُجھ سا گیا ہو۔ اس کا گلا بھر آیا۔

" دیکھو جی۔ تو گھر چلے جا اپنے۔۔۔ بس۔۔۔۔"

جیسے کوئی بہت گہرائی سے بولا ہو۔ ننھا ناتھ سُن سا رہ گیا۔

کالو تو جیسے خون ہی نہیں۔ تو یہ چند کور اُسے کیا کہہ رہی تھی؟

بلا کسی شک کے چند کور میں سے گلزارو کی جھلک سی پڑی۔ ایک پل کے لیے ننھا ناتھ ڈگمگا گیا۔ لیکن پھر سنبھل گیا۔ کان میں سے گھسیٹے گئے مندرے کا درد یاد ہی نہ رہا۔

جلدی سے اُٹھ کر چند کور دور کینڈو کے نیچے جا کر کھڑی تھی۔

ننھا ناتھ دیکھتا ہی رہ گیا۔

کینڈو کے نیچے سے آہیں بھرنے کی آواز سنائی دی۔

اندھیرے کی گھنی پرتیں ننھا ناتھ کے ذہن کی طرف بڑھیں۔ اس ایک پل میں چند کور اور گلزارو اس قدر گڈمڈ ہو گئیں کہ باہر کا سارا اندھیرا ہی ننھا ناتھ کے ماتھے میں سمٹ گیا۔ اس رات نہ وہ سو سکا نہ جاگ سکا...

صبح اس کے لیے معمول کے مطابق نہیں ہوئی تھی۔ نہ اس نے اناج کو منہ لگایا۔ نہ ہی بھجن سمرن میں من لگ سکا۔ تر دھالوؤں کی طرف بھی اس نے نہ دیکھا۔ چند کور کے ایک ہی بول نے بہت دیر پہلے مر چکے ننیو کو اس کے سامنے زندہ کر کے لا کھڑا کیا تھا۔ اپنے ارد گرد وہ چپ کی پتھریلی دیوار اٹھائے بیٹھا تھا۔

چند کور کے ایک ہی بول سے وہ ڈھے کر ڈھیری ہو گئی تھی۔ اور اب وہ اس پیڑ کی روح کی طرح بے جان سا کھڑا تھا جس کے سارے پتے جھڑ چکے تھے۔

یہ شاید گلزارو کا ہی شراپ تھا، یا ننیو کا۔ چند کور نے گھر کی مٹی اس کی آنکھوں میں جھونک کر جیسے کئی جنموں کا بدلہ لیا تھا۔

گھر جہاں اس کا باپ تھا... بہنیں تھیں... گلزارو تھی اور اس کا بیٹا... لیکن وہ خود کہاں تھا۔

پھر پتہ نہیں کیوں... کئی دنوں سے اُسے یقین ہوتا جا رہا تھا، جیسے اس کا اپنا من چھپر کے نیچے بندھے ہوئے بچھڑے میں کہیں بھٹک رہا تھا۔

اسی لیے تو کل شہری لڑکیوں کی جوانی دیکھ کر اس کے جسم میں ایسی ترنگیں اُٹھیں، جیسی بچھڑے کے جسم سے اٹھا کرتی تھیں۔ اس لیے تو بچھڑے کو مار مار کر اس کے جسم پر زخموں کے نشان بنا دیے تھے۔ اور پھر سارا دن اس کے اپنے انگ انگ سے بچھڑے کو پڑنے والی مار درد بن کر ابھر رہی تھی۔

تب سے اب تک وہ اسی درد میں بلکتے ہوئے چند کور کو گھورتا رہا تھا۔ تل تل کر کے دن

بیتا تھا۔ لمحہ لمحہ اور اب رات گزر رہی تھی۔ جیسے وہ سُولی پر لٹکا ہو۔ پَل پَل اس کے لیے منوں کا بوجھ لے کر آیا تھا۔ ہر پَل اُس کے لیے سانس لینا دُوبھر ہوتا جا رہا تھا۔

جب وہ بے بس ہو گیا تو نھا ناتھ دُھونے سے اُٹھ کھڑا ہوا۔ غصّے سے اس نے کان کا دوسرا مندرا اُتار دینے کے لیے ہاتھ ڈالا۔ لیکن درد ہوا۔ اور اُس کا من بھر آیا۔ غصّے سے اس نے کچّے دھاگے میں پروئی ہوئی منکوں کی مالا ایک ہی جھٹکے سے توڑ کر دھونے میں پھینک دی۔ وہ جھٹکے سے اُٹھا۔ اور بکھری ہوئی جٹاؤں کو جوڑے میں باندھتے ہی جیسے وہ ایک لمحے میں اُن کے بوجھ سے آزاد ہو گیا۔ اس نے اپنے اندر بے انتہا طاقت محسوس کی۔ اُس کا دل کیا کہ وہ زور کی کلکاری مارے۔

پھر وہ بڑے آرام سے چلتا ہوا کیندو کے نیچے جا کھڑا ہوا۔ ٹھنڈ سے سکڑی ہوئی چندکور کو آنکھ جھپکائے بغیر دیکھا۔

اندھیرا اس کے گرد دھوئیں کی طرح لپٹا ہوا تھا۔ اُس کا آرام سے بیٹھ جانے کو دل کیا۔ لیکن اس کے دل سے ایک اُبال سا اُٹھا اور اس نے ایک پَل انتظار کیے بغیر اپنے اوپر کی گرم چادر سوئی ہوئی چندکور کے گرد لپیٹ دی۔ یکایک اُسے محسوس ہوا۔ اس کے اندر کہیں کوئی ڈر نہیں تھا۔

اُس نے بڑا ہی سُکھ کا سانس لیا اور چھپر کی طرف مڑا۔ لیکن پہلا قدم اُٹھاتے ہی لگا۔ جیسے دھونے کی ساری آگ سارے ڈیرے میں بکھر گئی ہو اور وہ اپنے جلتے ہوئے پاؤں کے نیچے مان، مریادا اور دِگمبر ناتھ کو کُچلتا ہوا شان سے چل رہا ہو۔

اگلے ہی لمحے وہ بچھڑے کی رسّی کھول رہا تھا۔

وہ کسی فاتح کی شان کے ساتھ باہر آیا۔ جیسے ہی وہ کیندو کی طرف پلٹا پاؤں کے نیچے سے زمین ہی کھسک گئی۔

چندکور کہیں نہیں تھی.... دُھونا.... تکیہ..... چار دیواری.... بھوجن بھنڈار..... پیڑوں کا جھنڈ..... وہ آندھی کی طرح گھوم گیا۔ چندکور کہیں نہیں تھی.....

وہ دوڑ کر باہر سڑک پر آگیا۔ دور تک سناٹا پھیلا ہوا تھا۔

اچانک پیڑوں کے جھنڈ میں آواز ہوئی۔ اس نے غور سے دیکھا۔ اندھیرے کی کالی تہوں میں چاندنی کی کرنیں گھل مل رہی تھیں۔

پیڑوں کے گھنے جھنڈ میں بچھڑا بے خوف ہو کر چر رہا تھا۔

○

ایسا لگتا ہے کہ نچھتر کا تعلق پنجابی کی اس نوجوان پیڑھی سے ہے جو اپنے ارد گرد کے ماحول سے اس لیے ناراض ہے، کیوں کہ وہ سمجھتے ہیں کہ سماج میں جس تبدیلی کے آنے کے انھوں نے سپنے سنجوئے تھے وہ آ نہیں رہی۔ نہ ان کی اپنی زندگی میں، نہ ارد گرد کے ماحول میں۔

یوں بھی پنجاب میں ہری کرانتی کے آنے کے بعد سب کچھ ہرا ہرا نہیں ہے جن کی زندگی پہلے سوکھی تھی، وہ اب بھی سوکھی ہے۔ نسل در نسل سوکھتی چلی جارہی ہے۔

اس کہانی کا "میں" دل میں یہ سوچ کر باپ پر غصہ کرتا ہے کہ اس نے ساری زندگی یوں ہی برباد کردی۔ رہنے کے لیے ڈھنگ کے دو کمرے بھی نہیں بنائے۔ لیکن پھر یہ سوچ کر کہ وہ بھی تو پچھلے دس سال کی نوکری کے بعد اس گھر کے لیے کچھ نہیں کرسکا، اپنے اندر کی کڑواہٹ کو خود ہی پی لیتا ہے۔

زندگی کی خوشیاں سکھ کی شکل میں اس کے قریب آتی ہیں۔ مگر اس کے کمزور ہاتھوں میں ان خوشیوں کا دامن تھام لینے کی طاقت ہی موجود نہیں۔ اسی لیے تو اس کا اپنا گھر ہی نہیں ارد گرد کے تمام گھر خوشیوں سے محروم ہیں۔ ان کی چھتوں سے مٹی اس طرح گرتی رہتی ہے۔ جیسے بارش کے ننھے ننھے قطرے۔

راجیندر سنگھ بیدی کی ایک کہانی ہے 'جنازہ کہاں ہے'، جس میں بیدی محسوس کرتے ہیں۔ جیسے رنج والم کی ماری ساری قوم پر اس طرح مردنی چھائی ہے، جیسے وہ کسی جنازے کے پیچھے چل رہی ہو۔ کچھ اسی قسم کا ماحول قاری کو نچھتر کی کہانی انگلیوں سے پھسلتا کچھ کی نچلی تہوں میں ملے گا۔

نچھتر

انگلیوں سے پھسلتا کچھ

سرسر کرتی گزرتی ہوئی چاندنی رات کے ہلکے پھلکے اندھیرے میں ڈوبا ہوا میں آسمان کی طرف گھور گھور کر دیکھ رہا تھا۔ جہاں آنکھیں جھپکتے ستاروں کے علاوہ، ایک کونے میں ٹیڑھا سا ہو کر نیچے اتر رہا چاند بھی موجود تھا۔ بار بار سوکھ رہے ہونٹوں پر زبان پھیرتے ہوئے میں نے کروٹ لے کر ساتھ والی چارپائی پر لیٹی ہوئی بیوی کی طرف دھیان سے دیکھا۔ وہ اس سب کچھ سے بے خبر گہری نیند سو رہی تھی۔ میرا دل چاہا کہ اسے جھنجھوڑ کر جگا دوں۔ لیکن پتہ نہیں کیا بات، کہ میرا آگے کو بڑھا ہوا ہاتھ خود بخود واپس لوٹ آیا۔ کتنا بے گانہ سا لگ رہا ہے اپنا گھر۔

اکتا کر میں نے چارپائی سے اٹھ کر پڑوسیوں کے چوبارے والی دیوار پر ٹانگ رکھ کر دور تک پھیلے ہوئے آنگن کے گھروں پر نظر ڈالی۔ چاروں طرف چپ چھائی ہوئی تھی۔ کھڑے کھڑے میں سکھو کے چوبارے کے بارے میں سوچنے لگا۔ جو کچھ ہی قدموں کے فاصلے پر ہوتے ہوئے بھی بہت دور دور سا لگ رہا تھا۔ کتنا بے رونق ہے یہ چوبارہ، جہاں کبھی میری سکھو رہتی تھی۔ جس میں میری آدھی جان تھی۔

اب تو کبھی کوئی دروازہ، کوئی کھڑکی، میں نے کافی دنوں سے کھلا ہی نہیں دیکھا۔ ہر وقت چوبارے میں تالا پڑا رہتا ہے۔ شاید ہی کبھی کسی مہمان کے آنے جانے پر ایک آدھ بار

اس کے دروازے کھُلے ہوں گے لیکن تب پوس ماگھ کی ٹھنڈ کے مارے "ٹھروں ٹھروں" کرتے مہینوں میں بھی اس کے بند دروازوں میں سے جھانکتی "بلوری آنکھیں" مجھے بلا رہی ہوتی تھیں۔ جب میں پہلی بار کچھ دنوں کے لیے گھر سے باہر گیا تھا تو میرے لیے جینا تو جیسے حرام ہو گیا تھا۔ سوچا تو یہ تھا کہ اُس کے بعد کبھی یہاں سے دور نہیں جاؤں گا۔ اور ان بلوری آنکھوں نے تو رو رو کر بُرا حال بنا لیا تھا۔

دیوار کے پاس کھڑا ہو کر میں بیتے ہوئے اُن دس سالوں کے بارے میں سوچتا ہوں جن میں گھر سے سینکڑوں میل کے فاصلے پر بیٹھے، میں اس سب کے بارے میں کتنا سوچا کرتا تھا۔ دس سال کی اندھیری راتوں میں جب بھی مجھے سکھو کی یاد آتی تھی تو اس کے بعد کئی راتوں تک میری آنکھ نہیں لگتی تھی۔ کتنے دنوں تک میں اُداسی میں ڈوبا چپ چاپ بھٹکتا رہتا۔ تب میرا من کرتا تھا کہ کسی بھی پل اُڑ کر میں اپنے گھر پہنچ جاؤں۔ اور پھر جیسا ہی سب کچھ نئے سرے سے ہونے لگے۔ پھر بدلی کروانے کے لیے دفتروں کے چکروں میں اُلجھنے کا ایک لمبا سلسلہ شروع ہو گیا تھا۔ جو کہیں ختم ہونے کا نام نہیں لیتا تھا۔

اور اب جب میں تبدیلی ہو کر اپنے گھر آ گیا ہوں تو مجھے لگ رہا ہے جیسے میرے یہاں آنے سے کچھ غلط سلط سا ہو گیا ہے۔ لیکن اس "کچھ" کا مجھے پتہ نہیں چل رہا تھا۔

آنگن میں بائیں طرف کتوں کے بھونکنے کی آواز سن کر میں اُدھر کی طرف دوڑ کر دیکھتا ہوں کہیں کچھ دکھائی نہیں دے رہا ہے۔ دیوار کی منڈیر پر کھڑا ہو کر میں کچھ پل اور آگے کی طرف دیکھتا ہوں۔ لیکن کچھ دکھائی نہیں دیتا۔ کتے بھی کچھ پل کے لیے بھونکنے کے بعد خود بخود چپ کر جاتے ہیں۔ آنگن کے بائیں طرف دیکھتے ہوئے مجھے نخو کے شہتوت کی یاد آئی۔ جس کو کل شام دیکھتے ہی میری آنکھیں اس کی گھنی ٹہنیوں میں ہی اُلجھ کر رہ گئی تھیں۔ شہتوت پہلے کی نسبت کافی بوڑھا ہو گیا تھا۔ پچھلے کافی دنوں سے میں نے کبھی کسی کو وہاں بیٹھے نہیں دیکھا اور نہ ہی وہ تخت مجھے وہاں دکھائی دیا جس پر بیٹھ کر ہم سارا دن دیور بھابھی، سر مانگنے اور پتہ چور کے کھیل کھیلتے نہیں تھکتے تھے۔ گھر سے ملنے والی گالیاں بھی ہماری تاش کے کھیل میں کوئی رکاوٹ نہیں لا پاتی تھیں۔

اب تو ان دنوں کے ساتھی ہی بدل گئے ہیں۔ گیجا اور لچھمن تو شادی کروا کر گھروں کی چار دیواری میں ہی کہیں گم ہو گئے ہیں اور نیتا فوج میں بھرتی ہو گیا تھا۔ اب تو سب بے گانے سے لگتے ہیں۔ کوئی بھی ایسا محسوس نہیں ہوتا جسے اپنا کہا جا سکے۔ کبھی کبھی تو اپنے بھی بے گانے سے لگتے ہیں۔ کتنا کچھ بدل گیا ہے۔ ان بیتے ہوئے سالوں میں.....

کچھ پل وہاں رہنے کے بعد میں ارد گرد دیکھتا پھر اپنی چارپائی پر آکر لیٹ جاتا ہوں لیکن نیند آنے کا نام ہی نہیں لے رہی۔ پچھلے دس سالوں میں ذہن پر چھائی دھند آہستہ آہستہ صاف ہوتی جا رہی ہے لیکن ابھی بھی کچھ ایسا ہے جو صاف دکھائی نہیں دے رہا۔

صبح شام باہر چھوٹی نہر کی طرف جاتے ہوئے میں پل کے پاس کھڑا ہو کر کتنی دیر تک نظر لگائے بہتے ہوئے پانی کی طرف دیکھتا رہا۔ جہاں ہم اسکول سے بھاگ کر گھنٹوں نہاتے ہوئے نہیں تھکتے تھے لیکن اب مجھے وہاں کوئی بھی نہاتا ہوا دکھائی نہیں دیتا۔ اداس اداس اور خالی خالی چھوٹی نہر کا کنارا اپنے دامن میں کتنا کچھ سمیٹے بیٹھا ہے، بالکل میری طرح۔

گھر سے دور رہتے ہوئے مجھے ہر پل گھر کی ہی یاد ستاتی رہتی تھی۔ گھر کا ایک ایک فرد میرے ذہن پر ہر وقت چھایا رہتا تھا اور ساتھ ہی چھائی رہتی سکھو... جس کی شادی میرے گھر سے آنے کے ایک سال بعد کر دی گئی تھی۔ بار بار میری آنکھوں کے سامنے میرا چھوٹا بھائی آ کھڑا ہوتا۔ جسے نوے درجے سے صرف اس لیے پڑھنے سے ہٹا لیا گیا تھا کیوں کہ اس کے اسکول کے خرچے پورے نہیں ہو پاتے تھے، اور دوسرے اب باپو بھی کام کاج کرنے سے رہ گیا تھا میری طرف سے وہ بالکل ناامید ہو گئے تھے۔ اسکول سے ہٹا کر باپو نے چھوٹے کو برف بنانے والے کارخانے میں ساٹھ ستر روپے کی نوکری سے لگا دیا تھا۔ جب مجھے اس سب کے بارے میں پتہ چلا تو میرا وجود ٹکڑے ٹکڑے ہو گیا تھا۔ آنگن والوں کے بیچ میرے بارے میں ہوتے چرچے جن کے بارے میں مجھے گاؤں جانے پر پتہ لگ ہی جاتا تھا۔ وہ بھی مجھ سے برداشت نہیں ہو پاتے تھے۔

"خود تو وہاں بیٹھا عیش کرتا ہے اور پچھلوں کے بارے میں کچھ سوچتا ہی نہیں۔ میرے چاچے کی کہی ہوئی باتیں اب تک میرے ذہن میں کانٹے کی طرح چبھ رہی تھیں۔ اور میں تو تب ٹکڑے ٹکڑے ہو کر بکھر گیا تھا، میں ابھی تک خود کو سمیٹ نہیں سکا ہوں۔

لیٹے لیٹے میرا من بے چین سا ہونے لگا۔ پتہ نہیں ہوا کے بند ہو جانے کی وجہ سے یا جسم پر چینوٹیوں کی رینگتے پسینے کے قطروں کی وجہ سے لیٹا لیٹا میں اٹھ کر بیٹھ گیا۔ اس پر بھی چین نہ پڑا تو اُٹھ کر ادھر اُدھر ٹہلنے لگا۔ کچھ پل منڈیر کے نزدیک کھڑے ہو کر چھوٹی نہر کی طرف دیکھا۔ چاند نہر کی اُس طرف والی پٹڑی کے اوپر سے ہوتا ہوا نیچے اتر گیا تھا من میں آیا کہ اُسے بھاگ کر پکڑ لوں۔ پھر پتہ نہیں من میں کیا خیال آیا کہ میرے پاؤں اپنے آپ ہی لکڑی کی سیڑھی سے نیچے کی طرف چل پڑے۔ آنگن میں سب لوگ گہری نیند سوئے ہوئے تھے۔ آنگن سے ہوتا ہوا میں چھوٹی نہر کی طرف جانے والی پگڈنڈی پر چلنے لگا۔ گیہوں کی کٹائی ہو جانے کی وجہ سے سارا ارد گرد کا ماحول خالی پڑا تھا۔

نہر کی پٹری پر چڑھتے ہی میرے من کو کچھ کچھ ہونے لگا۔ مجھے لگا جیسے تھوڑے قدموں کے فاصلے پر کھڑی سکھو اب بھی مجھے پہلے کی طرح کچھ کہنے کے لیے اپنے پاس بُلا رہی ہے۔ ایسی ہی رات تھی تب بھی۔ جب میں اور سکھو باتیں کرتے کرتے نہر پر آ گئے تھے۔ کتنی ہی دیر تک ہم بھاگ بھاگ کر ایک دوسرے کو چھوتے رہے۔ پھر پتہ نہیں اس کے من میں کیا آیا۔ کہنے لگی۔ تو تو مجھے کہیں بھگا کر لے چل میں نہیں اب تیرے بغیر رہ سکتی۔ اس نے ایسی ضد پکڑی کہ سب کچھ پل دو پل میں بکھر گیا۔ کہنے لگی ابھی اسی وقت ہی" ہاں نہ "میں جواب دے۔" مجھے سوچنے کا موقع ہی نہ دیا۔ اور ریت کی طرح میرے ہاتھوں کی انگلیوں سے پھسلتا ہوا سب کچھ ذرہ ذرہ ہو کر بکھر گیا۔

کتنی ہی دیر میں نہر کی پٹری پر ادھر اُدھر گھومتا رہا۔ من میں اٹھ رہی بے چینی اب بھی اُسی طرح تھی۔ رات آہستہ آہستہ سرکتی ہوئی چھوٹی ہوتی جا رہی تھی۔ لیکن مجھے لگتا تھا جیسے وہ مجسم پتھر بن کر کھڑی ہو گئی ہو۔ پھر نہر کے اس پار گوردوارے کے پاس لگے گھنے شیشم کے پیڑوں کی آڑ میں ڈوب رہے چاند کی طرف دیکھا۔ جہاں اُس کا نشان بھی نہیں دکھائی دے رہا تھا۔ اندھیرا کچھ اور گہرا ہوتا گیا تھا۔ میں آہستہ آہستہ گھر کی طرف مُڑ پڑا۔

اپنی شادی کے بعد سکھو مجھے ایک دو بار ملی۔ اپنوں کی طرح باتیں کرتی ہوئی بھی وہ بیگانی لگ رہی تھی۔

"بہت خوش ہو بیاہ کرا کر۔" میں نے اس کی آنکھوں میں گہرے سے جھانکتے ہوئے کہا۔ بھری ہوئی آنکھوں سے اس نے میری طرف دیکھا ہی تھا لیکن بولی کچھ نہیں۔ اُس

لمحے میرے من میں آئی کہ اب بھی اس کو نے کر کہیں بھاگ جاؤں لیکن " اچھا پھر کبھی سہی " کہہ کر وہ چل دی اور میری سوچ ایک بار پھر ٹکڑے ٹکڑے ہو گئی۔

لکڑی کی سیڑھیاں چڑھتے ہوئے میں نے بیچ میں رُک کر آنگن میں بچھی چار پائیوں کی طرف دیکھا۔ نیم کے نزدیک ہی نل کے سامنے چولھے کی گرمی سے ڈرتا کتا آرام سے لیٹا ہوا تھا۔ نل کے پاس ہی کچی اینٹوں کی رسوئی تھی۔ دس سال بیت جانے کے بعد بھی وہ ویسی کی ویسی وہاں کھڑی ہے۔ اور رسوئی کے ساتھ ہی چار قدم پر مکان جس کے سرکنڈے کی چھت میں چوہوں نے اپنے اڈے بنائے ہوئے ہیں۔ اور ان سے لگاتار دن رات بارش کے چھوٹے چھوٹے قطروں کی طرح مٹی گرتی رہتی ہے۔ گھُن کی کھائی ہوئی چوکھٹ پر جھولتے ہوئے تختے جن کے بارے میں ہر وقت ڈر لگا رہتا ہے کہ پتہ نہیں کب گر جائیں۔ مجھے لگا جیسے وہ سب مجھ پر ہنس رہے ہوں۔

سیڑھی کے بیچ و بیچ کھڑے مجھے باہر آنگن میں لیٹے باپو پر بڑی کھیج آئی۔ جس نے اپنی ساری عمر ایسے ہی کھانے پینے میں گزار دی۔ بیٹھنے اُٹھنے کے لیے ڈھنگ کے دو کمرے بھی نہیں اُسار سکا تھا۔ لیکن اگلے ہی پل میں آئے دوسرے خیال نے باپو کے بارے میں دل کے اندر کی ساری کڑواہٹ مجھے اپنے اندر ہی نگلنی پڑی۔ کیونکہ دس برس تک کلرکی کرتے ہوئے میں بھی تو ابھی تک کچھ نہیں کر سکا ہوں۔

سیڑھیاں چڑھ کر میں ہانپتا ہوا اپنی چار پائی پر جا کر لیٹ گیا۔ ایک بار آنگن کے سارے گھر میری آنکھوں کے سامنے گھوم گئے۔ ان میں اور میرے گھر میں ذرہ بھر بھی فرق نہیں تھا۔ پھر میں کس اکڑ میں سر اونچا کیے پھرتا ہوں، سب کچھ تو پہلے جیسا ہی تھا۔

دسویں پاس کرتے ہی کتنے ہی سپنے آنکھوں میں اُبھرے تھے۔ زندگی میں کچھ کر گزرنے کے لیے۔ لیکن سال گزر جانے کے بعد ان میں سے ایک بھی پورا ہوتا دکھائی نہیں دیا۔ مجھے لگ رہا ہے جیسے میری آنکھوں میں سپنوں سی کوئی شے آئی ہی نہ ہو۔ شاید وہ میرے من کا وہم تھا۔ یا پھر وہ آنکھیں ہی اور رہوں، جن میں کچھ ایسا اُبھرا تھا۔

چار پائی پر لیٹے ہوئے بار بار ادھر اُدھر کروٹیں بدلے جا رہا ہوں۔ کوئی بھی نہیں جاگ رہا جو میری درد بھری داستان سن سکے۔ من میں آیا کہ اونچی آواز میں پکار کر سارا آنگن اکٹھا کر لوں اور

ایک ایک کے گلے لگ کر اپنی بپتا سناؤں۔ اور یہاں سے دس برس دور رہنے کی وجہ سے من میں جو فاصلہ پیدا گیا ہے، وہ مجھ سے پاٹا نہیں جائے گا۔ اور پھر سوچتا ہوں کہ لوگ اسے بھی جھوٹا دکھاوا نہ سمجھ لیں۔

کئی بار چھوٹے کو بھیج کر گیلی کو گھر میں بلا چکا ہوں۔ لیکن ہر بار یا تو وہ مجھ سے ملنے سے کترا جاتا ہے یا اُسے گھر کی مصروفیت نے ہی ایسا جکڑ رکھا ہے کہ وہ کسی طرف ایک قدم بھی نہیں بڑھا سکتا۔ ایک دو بار لچھمن بھی ملا، لیکن اس میں بھی وہ پہلے سی بات نہیں رہی۔ یا پھر میں ہی بدل گیا ہوں۔ پچھلی بار ملا تو بے گانوں کی طرح کہنے لگا۔ "آپ ہوئے بڑے لوگ" آپ سے ہمارا کا ہے کا مقابلہ، ایسا کرتے ہیں بھائی۔ ہم تو بس سمجھ لے ایک بوجھ ہی ڈھو رہے ہیں۔ ہمارا کیسا جینا۔" اس وقت میرے من میں آئی تھی کہ اسے اپنے بارے میں سب کچھ بتا دوں کہ یہ تو بس یونہی پردے ہی ہیں۔ لیکن میرے کچھ کہنے سے پہلے ہی وہ تیکھے تیکھے قدم اٹھاتا ہوا منڈی کی طرف چلا گیا تھا۔

اب سوچتا ہوں کہ اس سے تو وہیں پرا چھا تھا۔ بدلی نہ ہی کراتا۔ پھر من میں خیال آتا ہے کہ کہیں دور بھاگ جاؤں اور واپس کبھی گھر نہ لوٹوں لیکن پاس ہی لیٹی بیوی اور بچے اور آنگن میں لیٹے بوڑھے ماں باپ ان سب کو چھوڑ کر کہاں جاؤں؟

پچھواڑے کے گھروں میں مرغا بانگ دے رہا ہے لیکن مجھے ایسا نہیں لگ رہا کہ اب دن چڑھنے والا ہے۔ آج کل تو مرغے بھی دن کے دو تین ہی بانگیں دینے لگتے ہیں جکڑا سا پڑا میں چادر سے منہ ڈھانک لیتا ہوں۔ جیسے اس کے سوا کچھ چارا ہی نہ ہو۔

بہادری اور بہادری کی اقدار پنجابی زندگی کا بنیادی کردار ہے۔ اور اس بہادری کی ایک جھلک صرف لڑائی کے میدان میں ہی نہیں ملتی، بلکہ زندگی کے ہر شعبے میں درخشاں دکھائی دیتی ہے۔

بقول پورن سنگھ "واہ شیر جوانی ایں "پنجاہ کوہ پینڈا مارنا" ایویں تاں ہلان نُوں" یعنی پنجاب کا آدمی، پچاس کوس کا سفر تو ایسے محض ٹانگیں ہلانے کے لیے کر لیتا ہے۔"

درشن سنگھ بتوا جس جگیرے کو اپنی کہانی میں یاد کر رہے ہیں۔ وہ پنجاب کے اسی مزاج کی نمائندگی کرتا ہے۔ ایسے ہی لوگ موت کا مقابلہ کرنے کی ہمت رکھتے ہیں۔ ایسے ہی لوگوں کی زخمی پنجاب کو اشد ضرورت ہے۔

درشن متوا

آج ہوتا نہ جگیرا

پو پھوٹ رہی تھی۔ لیکن ابھی تک گاؤں کسی ڈر کی وجہ سے گہری نیند سو رہا تھا۔ چاروں طرف موت کی سی چپ پھیلی ہوئی تھی۔ گاؤں کی گلیاں سونی پڑی تھیں۔ کسی گھر کی کوئی کھڑکی یا دروازہ کھلا نظر نہیں آ رہا تھا۔ گاؤں تو جیسے پلک جھپکتے بھر میں ایسا اجاڑ ہو گیا تھا۔ جہاں کوئی آدمی نہ رہتا ہو۔

لوگ گھروں کے اندر شُتُرمُرغ کی طرح چھپ گئے تھے۔ ڈر کے مارے کوئی سانس بھی نہیں لے رہا تھا۔ جیسے سانس لینے سے بھی آواز ہو گی اور اس کے ساتھ ہی کوئی سانحہ ہو جائے گا۔

لیکن نتیاں والا شاہ، جس کی عمر ساٹھ کی ہو رہی تھی اور اٹھتے بیٹھتے جس کی ہڈیاں اور گھٹنے درد کرنے لگے تھے۔ وہ جانتا تھا کہ سانحہ تو ہو چکا ہے۔ صرف اس کے خیال میں ہی نہیں بلکہ سچ مچ حقیقت میں گاؤں کا شاہ، جس نے کانوں میں نتیاں پہن رکھی تھیں، وہ گاؤں میں جہاں بھی جاتا تھا۔ اپنا چھوٹا سا حقہ وہ اپنے ہاتھ میں ہی رکھتا تھا۔ گاؤں کے چھوٹے بچوں کے بتانے کے مطابق وہ اپنی سفید لیکن پتلی دھوتی کے نیچے اور کچھ بھی نہیں پہنا کرتا تھا۔ جس کی وجہ سے اٹھتے بیٹھتے، بڑے چھوٹوں کے لیے ہنسی مذاق کا موضوع بن جاتا تھا۔ آدھا دن چڑھنے تک اس شاہ کی حقے کی گڑگڑ تو سارے گاؤں میں گونج گئی ہوتی۔ لیکن آج گاؤں پوری طرح خاموش تھا۔

انسان کا چہرہ تو کیا اس کا سایہ بھی دکھائی نہیں دے رہا تھا۔ اجاڑ۔ بیابان، چپ، خاموش،

کوئی مرتا ہوا ایک شبھی دکھائی نہیں دے رہا تھا۔

تھوڑی دیر پہلے ایک موٹر سائیکل کے تیز چلنے کی آواز گاؤں کی گلیوں میں ڈر بن کر پھیل گئی تھی اور لوگوں نے اپنے گھروں کے کنڈے لگالیے تھے۔ جیسے موٹر سائیکل کا گاؤں میں آنا کسی بھوت جن کا آنا ہو۔ جو گاؤں پر پتہ نہیں کیسا قہر ڈھا جائے گا۔

موٹر سائیکل کی آواز گاؤں کے نستیاں والے شاہ کو بالکل ایسے ہی لگی تھی۔ جیسے کئی مدت پہلے اس گاؤں کی گلیوں میں ہوتا ہوا، گھروں کی منڈیروں کو توڑ کر گزرتا ہوا۔ ایک بھاری للکارا "گونجا تھا۔ ہے کوئی سگی ماں کا پیدا کیا ہو اس گاؤں میں۔" اور اس وقت وہ للکارا جیسے لوہے کی تیکھی برچھی یا نیزہ بن کر گاؤں کے ہر گھر کی دیوار میں گڑ گیا تھا۔ وہ للکارا، گاؤں پر کوئی قہر بن کر گرا تھا۔

اس للکارے کی موٹر سائیکل کے چلنے کی تیز آواز بھی نستیاں والے شاہ کو "خیر" کی آواز نہیں لگی تھی۔

لیکن اب تو جو ہونا تھا، ہو چکا تھا، سانحہ ہو چکا تھا۔

ابھی پو پھٹ ہی رہی تھی کہ روز کی طرح شاہ نے چوپال کے سامنے والی دوکان کا دروازہ کھولا تھا، کہ کہیں نزدیک ہی گولیاں چلنے کی آواز نے اس کی جان ہی نکال لی تھی۔ اس کے چہرے کا رنگ اڑ گیا تھا۔ خون کسی ڈر کے مارے پانی بن گیا تھا جیسے۔

اس نے دوکان کا دروازہ دوبارہ بند کر لیا تھا۔

سامنے چوپال کے پاس مچی ہوئی بھگدڑ کو اس نے اپنی آنکھوں سے دیکھ لیا تھا۔ دلیپو کا شیرا تیز بھاگتا ہوا چوپال کے ساتھ والے جرنے سدھو کے گھر میں داخل ہوتا ہوا اس نے دیکھ لیا تھا۔ اس کے پیچھے پیچھے پتہ نہیں اور کون کون بھاگے جاتے شاہ کو دکھائی دیئے تھے نمے کی بہو، جس نے دو سال کے بچے کو اٹھایا ہوا تھا۔ ڈری ہوئی بھاگ کر نکل جانے کی کوشش میں تھی اور جان بچانے کے لیے چوپال تک آگئی تھی کہ پیچھے سے برستی گولیوں نے اس کے جسم کو چھلنی کر کے رکھ دیا تھا، اور اس کی گود میں اٹھایا ہوا دو سال کا بچہ خون سے لت پت اس کی گود سے اچھل کر چوپال کے عین بیچ و بیچ جا گرا تھا۔ کوئی چیخ نہیں، کوئی شور نہیں۔ بچہ گرتے ہی مانس کا لوتھڑا بن گیا تھا۔

نھتے کی بہو مُنہ کے بَل گری، لہو سے بھیگی۔ کتنی دیر تک تڑپتی رہی تھی اور پھر پوری بے جان
کوئی بھی اس کے پاس نہیں پھٹکا تھا۔ گاؤں چُپ تھا۔

ویلیوں کا شیر اب بھی چڑنے سدھو کے گھر سانس روکے بیٹھا ہوگا۔ ڈرتا ہوا وہ بھی باہر نہیں نکلا تھا۔ وہ تو اپنے آپ کو سورما کہلاتا تھا۔ گاؤں میں کوئی اُس کی طرف آنکھ اٹھا کر بھی دیکھ لے، کسی کی کیا مجال تھی۔ گاؤں والے اسے گاؤں کا سانڈ کہا کرتے تھے۔ وہ بھی ڈر گیا تھا۔ اس کی بہادری اور سانڈپن کہاں اُڑ گئے تھے۔ وہ بھی جان بچا کر چھُپا تھا۔

اَن ہونا سانحہ ہو چکا تھا۔ قہر ڈھے چکا تھا۔ لیکن شاہ نے اپنی دوکان کے دروازے اب بھی بند کیے ہوئے تھے۔ اندر سے کنڈی لگا کر کنڈے میں کیل بھی پھنسایا تھا۔ حالانکہ باہر کافی دن چڑھ آیا تھا۔

" شاہا " باہر سے کسی نے آہستہ سے آواز دی تھی۔ بڑی ہی دھیمی اور رازدارانہ ڈھنگ میں۔ شاہ نے آواز پہچان لی تھی۔ پھر بھی ڈرتے ڈرتے اس نے دروازے کی درازوں میں سے پہلے باہر دیکھا تھا۔ باہر چوپال کے پاس چلتے پھرتے کچھ لوگ بھی دکھائی دیے تھے۔ پولیس کے آدمی بھی بندوقیں اٹھائے کھڑے تھے۔ شاہ نے باہر کھڑے آدمی کو بھی اچھی طرح پہچان لیا تھا پھر بھی جیسے اس کی تسلّی نہیں ہوئی تھی۔ اس نے پوچھا تھا۔ " کون ہے ؟ "

" میں ہوں۔ شاہا ... نمبردار۔ "

" کون پھلی ؟ "

" ہاں۔ "

" کیسے آیا تھا ؟ " شاہ نے اندر سے ہی پوچھا تھا۔ دروازہ کھولنے کی اب بھی اس کی ہمّت نہیں پڑ رہی تھی۔

" در .. تو کھول ذرا سا۔ "

" دروازہ تو .... دروازہ تو میں کھول دیتا ہوں ... کوئی کام تھا ؟ "

" ہاں۔ "

شاہ نے اَن منے سے مَن سے اپنی دھوتی ٹھیک کرتے ہوئے ایک بار پھر درازوں میں

سے دیکھا تھا۔ پھر نمبردار کے باہر کھڑے ہونے کی پوری تسلّی ہو جانے پر اُس نے تھوڑا سا دروازہ کھولا تھا۔ اور اُس کے دوکان میں داخل ہوتے ہی پھر سے دروازہ بند کر لیا تھا۔

" لا۔ نسوار کی چٹکی دے بیٹھا۔ مر گئے آج تو نسوار کے بنا ہی .... تڑکے سے ایسے گدھی کے چکر میں پڑے ہیں کہ بس پوچھ نہ ... کچھ .... ایک بار پہلے بھی آ کے گیا تھا تیری دوکان کی طرف۔ یہ بند پڑی تھی۔

آج سالی نیند ہی نہیں کھُلی۔ بس ابھی اُٹھا ہوں۔ تیرے آنے سے پہلے۔" شاہ بالکل جھوٹ مار گیا تھا۔ آج کوئی گولی گولی بھی چلی ہے گاؤں میں کہیں .... میں تو سویا پڑا تھا ... جسم بھی سالا اب تو رہ گیا ہے .... میرا لڑکا کہہ رہا تھا ... بھئی ایسے لگتا ہے جیسے کہیں گولی چلی ہو، آواز سی تھی گولیوں کی اُس نے بھی .... میں نے کہا تم نے کیا لینا ہے ؟"

" تجھے پتہ نہیں ؟" پھٹی نمبردار حیران ہوا تھا۔

" نہ نمبردارا، دیوی کی قسم، مجھے تو کچھ پتہ نہیں۔ کیا بات سچی کوئی واقعہ ہو گیا ہے ؟"

" گولی کیا ایک چلی ہے ؟"

" کہاں ؟"

" یہاں تمہاری دوکان کے سامنے ہی چلی ہے، چوپال میں، اور تجھے پتہ ہی نہیں ہے۔"

شاہ سب کچھ جانتا تھا۔ لیکن جھوٹ بول کر بالکل انجان بن گیا تھا۔

" نتھے کی بہو کو مار دیا۔" پھٹی نمبردار نے بتایا۔

" کیا کہا۔" شاہ نے حیرانی دکھائی۔ کہاں لگی ہے گولی۔؟"

" اُس کے کیا ایک گولی لگی ہے۔ شریر تو چھلنی ہی ہو گیا ہے۔" گودی والے بچے کو تو ویسے ہی لوتھڑا بنا دیا۔

" بچے کو بھی مار دیا ؟"

" تو ان کے لیے کیا بچہ کیا بڑا .... یہ تو کہو پھر بھی بچاؤ ہو گیا۔ بیچ میں ویلیوں کا شیرا بھی رگڑ دیا تھا۔ وہ بھاگ کر چرنے سدھو کے گھر میں جا گھُسا۔ اُسے جینا تھا ابھی ... ایک منٹ کا ہی فرق پڑا ہو گا۔ اِدھر وہ اندر گیا اُدھر گولی چلی۔ گولیاں تو اس کی طرف بھی پڑی تھیں۔ گھر کی دیوار پر کتنے ہی نشان پڑے

ہیں۔ وہ بچ گیا اور ننھے کی بہو سامنے پڑ گئی۔ گودی میں بچہ تھا۔

"یہ تو اندھیر ہو گیا نمبردار! بوڑھا تو بھلا، بچے کو بھلا کس سے آدھا حصہ بٹوانا تھا۔ یہ تو ظلم ہے۔" شاہ نے دکھ ظاہر کیا۔

"ظلم جیسا ظلم...؟"

"اور بھی تھا وہاں کوئی؟"

"تھے... سارے بھاگ کر گھروں میں گھس گئے.... نہیں تو پتہ نہیں کتنے مرتے...... ننھے کی بہو بے چاری عورت ذات، پھر گودی میں بچہ، وہ کہاں بھاگتی، بس دونوں جنے، ماں بیٹے۔"

شاہ نے لمبی سی ٹھنڈی سانس بھری اور بولا۔ "اب نہیں بچتی یہ دنیا... بس غرق ہونے پر آگئی ہے۔ ایسے ہی خاتمہ ہوگا ساری دنیا کا۔

"اچھا شاہ!... پتہ کروں... پولیس آئی ہوئی ہے۔ انھوں نے بلایا تھا مجھے تو گھر سے۔ بڑا سردار بھی آیا ہے ساتھ... پوچھ گچھ کرے گا۔"

"پوچھ گچھ کرتے ہوئے وہ کیا نہیں جانتے کہ بات کرنے میں ہر ایک آدمی کتراتا ہے۔" شاہ نے کہا۔

"تم تو دوکان کھول لو شاہ۔ اب تو کوئی ڈر نہیں۔ اب تو پولیس بھی آگئی ہے گاؤں میں" بھنبی نمبردار نے شاہ سے کہا تھا، اور نسوار کی چٹکی اپنے نتھنوں میں بھرتا وہ دوکان سے باہر نکل گیا تھا شاہ نے دیکھ لیا تھا کہ نسوار نتھنوں میں رکھتے وقت نمبردار کا بھی ہاتھ کانپ رہا تھا۔ چہرے کا رنگ اڑا ہوا تھا۔

"کھولتا ہوں میں بھی دوکان... پہلے ڈاکٹر کے پاس ہو آؤں۔ آج سالا شریر ٹھیک نہیں لگتا۔ پیٹ میں مروڑ بھی اٹھ رہے ہیں۔ بعد میں ہی کھولوں گا دوکان آکر۔" بھنبی نمبردار کو باہر نکال کر شاہ نے پھر سے تڑاک سے دروازہ بند کر لیا اور رام رام کرتا، دوکان کے ایک کونے میں دبک کر بیٹھ گیا۔ حقے کی طلب ہوتے ہوئے بھی، ٹوپی میں تمباکو رکھ کر آگ نہیں دکھائی تھی۔

گولیاں چلنے والی ساری تصویر اس کی آنکھوں کے آگے گھوم رہی تھی۔ اس نے ایک بار پھر اٹھ کر دروازے کی درازوں سے باہر جھانکا۔ گاؤں کے لوگ جمع ہو گئے تھے۔ دونوں لاشیں کپڑے

سے ڈھک دی گئی تھیں۔ پولیس کے سپاہی بندوقیں اُٹھائے اِدھر اُدھر گھوم پھر رہے تھے۔ گاؤں کا چوکیدار اور ایک سپاہی ایک ایک کر کے آس پاس کے گھروں کے آدمیوں کو بُلا رہے تھے۔ بڑا سردار چوپال میں بیٹھا تھا اور میز پر کاغذوں کا ڈھیر رکھے ہر ایک آنے والے سے کچھ پوچھتا تھا اور کاغذوں پر لکھتا جاتا تھا۔ لیکن اُس نے کس سے کیا پوچھا تھا اور کاغذوں پر کیا لکھا تھا۔ شاہ کو بالکل پتہ نہیں چلتا تھا۔ بس اُسے تو چاروں طرف سہم ہی دکھائی پڑ رہا تھا، لوگوں کے چہروں پر، بیٹھ پر، انگ انگ پر چپکا ہوا سہم۔

شاہ کو ڈر تھا کہ تھانیدار اُس کو بھی بُلا کے پوچھے گا تو وہ کیا جواب دے گا۔؟... لیکن میں نے کچھ دیکھا ہی نہیں تھا۔ مجھے تو کچھ بھی نہیں پتہ۔ بیشک ایسا سوچ کر اُس نے خود کو تسلی دینا چاہی تھی۔ لیکن اُس کی تسلی نہیں ہوئی تھی۔ اُس کے اندر ڈر بیٹھ گیا تھا کہ تھانیدار پتہ نہیں کیا سوال کرے گا، کیا کیا پوچھے گا۔ کہیں اس کو کسی بات پر پھنسا ہی نہ لے...... اور اس نے سارا دن دوکان نہ کھولنے کا ہی فیصلہ کر لیا تھا۔

چوپال میں ایک طرف بڑے سردار کی کرسی کے نزدیک شیرا بھی بیٹھا تھا۔ گاؤں کا سانڈ شیرا۔ وہ اینٹ پر بیٹھا تھا اور جوتا اُتار کر اس نے اپنے سامنے رکھا ہوا تھا۔ چادر رانوں تک اوپر اٹھائی ہوئی تھی، اور اس کی مگدر جیسی رانوں پر پھول اُکرے ہوئے تھے۔

"نہتوں کو مارنا بھی کوئی بہادری ہوئی.... دو سالوں کا بچہ معصوم.... شاہ اپنے آپ سے بڑبڑایا تھا۔ ایسے نردوشوں کو کبھی کسی ظالم کہلانے والے لوگوں نے بھی نہیں مارا تھا.... گوروؤں نے تو آج تک مظلوموں کی رکشا کی ہے۔ دھرم کی خاطر خاندان قربان کر دیا.... پھر یہ کیا ہو رہا ہے؟

شاہ شیرے کی رانوں کی طرف دیکھتا چلا گیا۔ ایک پل کے لیے ان پر بنے ہوئے پھول کالے دھبے بن گئے۔ اور پھر جیسے وہ دھبے مورتیوں کی شکل میں بدل گئے ہوں۔ مورتیاں جو جیگرے کی رانوں پر گُھدی ہوئی تھیں۔ ایک پل کے لیے وہ اُسے جیگرا ہی دکھائی پڑا تھا۔

سور ما تو جیگرا تھا.... کسی اَنکھ والی ماں کا پیدا کیا، بہادر بیٹا.... شیرا سالا کیا جیگرا بن سکتا تھا.... وہ تو سانڈ کہلاتا ہے۔ یا تو پھر آج بن کے دکھاتا سانڈ.... جیگرا کون بن سکتا ہے اوے..!!

شاہ نے لمبی سانس لی کہ کاش آج ہوتا نہ یہاں جگیرا.....

پَل دو پَل کے لیے جگیرا اس کے من پر چھا سا گیا تھا۔ چوپال کا منظر ہی بدل گیا تھا۔ مدتوں پہلے کی بات۔ چوپال بالکل خالی تھی۔ اکیلے جگیرے کے علاوہ وہاں کوئی بھی نہیں تھا۔ وقت جیسے پچھلی طرف کو پلٹ گیا تھا۔ جگیرے کو گاؤں میں کسی نے بھی نہیں دیکھا تھا لیکن اس نام سے سبھی واقف تھے۔ وہ کون تھا۔ کہاں کا رہنے والا تھا۔ یہ بھی کسی کو پتہ نہیں تھا شاہ بھی نہیں جانتا تھا۔ اس نے بھی ایک بار ہی اُسے اسی طرح چوپال میں بیٹھے دیکھا تھا۔ اس سے پہلے یا پھر اس کے بعد اُس نوجوان کو اس نے نہیں دیکھا تھا۔ اس کا نام جگیرا تھا۔ شاہ نے اس کے مُنہ سے سُنا تھا۔

ان دنوں جب نیتوں والا شاہ اپنی بھرپور جوانی کی عمر میں تھا۔ اب تک اُس کے حُقّے کی آواز گڑ گڑ سارے گاؤں میں گھوم جایا کرتی تھی۔ اور گاؤں کے باہر ہری جنوں کی بستی والے بوڑھے بوڑھیاں عورتیں اور چھوٹے چھوٹے بچے اُس کی دوکان کی طرف آجایا کرتے تھے۔ دوکان اُس کی بیشک چھوٹی سی تھی جس میں سامان کم اور چوہے اور مکھیاں زیادہ ہوتے تھے۔ دوکان صبح ہی ہری جن گاہکوں سے بھر جاتی تھی اور وہاں نسوار سے لے کر دودھ، چائے سب کچھ مل جاتا تھا۔

شاہ کے حُقّے کی آواز گاؤں کے لوگوں کے لیے بالکل اسی طرح کام کرتی تھی جس طرح بڑے بڑے شہروں میں کارخانے کے گھوگھو کام کرتے تھے کہ کارخانے کا بھونپو بجا نہیں اور مزدور بچے بوڑھے اور عورتیں اس بھونپو کو سنتے ہی چارپائیوں سے اُٹھ کر بنا ہاتھ منہ دھوئے اسی طرح ہی کارخانوں کو اُٹھ بھاگتے تھے۔ شاہ کے حُقّے کی گڑ گڑ سُنتے ہی ساری ہری جن بستی میں بھی جیسے زندگی دھڑک جاتی تھی۔ ہلچل شروع ہو جاتی تھی اور ہری جن بستی کے وہ سارے باشندے شاہ کی دوکان کی طرف بھاگ اُٹھتے تھے، جنھیں وہاں سے چائے پتی، گڑ اور دودھ لینا ہوتا تھا۔

شاہ کے حُقّے کی گڑ گڑ ہری جن بستی کے لیے گاؤں کے چوکیدار کا سا کام کرتی: "اُٹھو بھائی پو پھوٹ رہی ہے۔ سُستی چھوڑو۔ چائے پیو اور اپنے اپنے کام دھندے میں لگ جاؤ۔"

لیکن اُس دن اِس وقت تک نہ تو شاہ کا حُقّہ ہی گڑ گڑایا تھا اور نہ ہی ہری جن بستی جاگ کر اُس کی دوکان کی طرف بھاگی تھی۔

چنتو نشئی تو اس سے پہلے ہی شاہ کا دروازہ کھٹکھٹا کر توڑنے جیسا کر دیتا تھا کہ کسی نہ

کسی طرح شاہ اُسے ذرا سی افیم دے دے۔ اُس کے انگ بھی ثابت ہو جائیں اور وہ بھی چلتے پھرتے زندہ لوگوں سا ہو جائے۔ اُس کی ہڈیوں کو بھی تھوڑا سا سہارا مل جائے۔ وہ بھی سمجھ لے کہ دن چڑھ گیا ہے۔

لیکن اس دن چھوٹو ملی تو کیا گاؤں میں بکشی تک نہیں پھڑپھڑا رہے تھے۔ جیسے کسی نے گُلیل مار کر سارے پکشیوں کو گاؤں کی حد سے باہر نکال دیا ہو اور انہیں گاؤں میں دوبارہ داخل ہونے سے منع کر دیا ہو۔

ایک اُلّو گاؤں کی حد کے باہر ایک اجڑے ہوئے پیڑ پر سر لٹکائے بیٹھا تھا۔

گاؤں کے باہر اُلّو کا منہ لٹکائے بیٹھنا اور گاؤں کے بڑے جوہڑ کے پاس سے اُٹھتی بدبو کسی مرے ہوئے جانور کا ماس نوچتی ہوئی چیلیں، کسی خوف کا نشان بنی ہوئی تھیں۔ چیلیں تھوڑا سا اوپر اُٹھتی تھیں اور پھر ایک تیر بن کاٹ کر کھول کرتی ہوئی پنجر پر آ بیٹھتی تھیں۔

گاؤں میں چاروں طرف پھیلی خاموشی کی طرح اس پنجر کی بدبو بھی سارے گاؤں کے اوپر پھیلی ہوئی تھی اور اسی طرح ڈر بھی لوگوں کے دلوں میں چھایا ہوا تھا۔

چیلوں کے بھاری بھرکم پنکھوں کی کھڑکھڑ گاؤں کی ڈری شانتی اور خاموشی کو توڑتی تھی اور اسی طرح خاموشی چھا جاتی تھی۔

پورا لمبا ہوا گھاگا می والا گاؤں ایسے ہو گیا تھا۔ جیسے برہما کے کائنات کی تخلیق کے وقت، کہیں کوئی ٹنکار، ہنسی یا آواز نہیں تھی۔ صرف ہلچل تھی۔ وہ بھی پنجر پر منڈراتی چیلوں کی۔

" ہے کوئی سگی ماں کا جایا اس گاؤں میں ....." پرسکون ماحول کو چیرتے اس للکارے نے گاؤں کی چھتوں اور منڈیروں میں زلزلہ لا دیا تھا۔

۔ اور یہ للکارا مار کر گھوڑسوار نے پھر سے اپنے منہ پر اپنی کالی پگڑی کا پلو لپیٹ لیا تھا۔ اُس کی موٹی موٹی آنکھیں لال ہو رہی تھیں۔ جیسے آنکھوں میں لہو اتر آیا ہو۔ اپنے گھوڑے پر چڑھے چڑھے اُس نے آگ برساتی آنکھوں سے گاؤں کی طرف دیکھا تھا۔ ایک پل بھر میں اس کی نظر گاؤں کی چھتوں اور منڈیروں پر تیرتی پھر گھوڑے کی گردن پر آگے نرم بالوں میں آ اٹک گئی تھی۔

گھوڑے نے اپنے دونوں اگلے سُم زمین سے اٹھائے اور پورے زور سے ہنہنایا لیکن دوسرے

ہی پل وہ پرسکون ہوکر گاؤں کے کنوئیں والے اونچے ٹیلے پر جا کھڑا تھا۔

گھوڑسوار نے گہری نظر سے دیکھا کہیں کوئی دکھائی نہیں دے رہا تھا۔ گاؤں میں سناٹا پھیلا ہوا تھا۔

اس کے ایک للکارے نے ہی جیسے گاؤں کی جان نکال لی ہو۔

گھوڑسوار کا منہ کالی پگڑی کے پلّو سے ڈھکا ہوا تھا پھر بھی وہ پینتیس چھتیس کی عمر کا بھرے ہوئے جسم والا جوان گبھرو دکھائی دیتا تھا۔ اس کا رنگ گورا اور مونچھیں کنڈل دار تھیں۔ داڑھی اس نے کانٹ چھانٹ کر رکھی ہوئی تھی جس گھوڑے پر وہ سوار تھا، وہ بھی سفید دیکھنے لائق گھوڑا تھا جس کے سم پھسلتے تھے اور جسم ملائم۔ اس کے گلے میں پڑی لگام کپڑے کے رنگ برنگے پھولوں سے شندگاری سجائی ہوئی تھی۔ گھوڑے کی ٹاپ اور ہنہناہٹ میں بھی گھوڑسوار کی للکار جیسا دب دبایا رعب تھا۔

گھوڑسوار نے کلیوں والا سفید کرتا پہنا ہوا تھا اور لہردار چادر کا تہبند باندھا ہوا تھا۔ لیکن گھوڑے پر بیٹھا ہونے کی وجہ سے اس نے اپنی چادر کو پنڈلیوں سے تھوڑا اوپر اٹھایا ہوا تھا۔ اس کی سخت پتھر جیسی پنڈلیاں گھوڑے کے رنگ سے ملتی جلتی تھیں۔ اس نے ایک ہاتھ سے گھوڑے کی لگام کو پکڑا ہوا تھا، اور دوسرے ہاتھ میں بندوق تھامی ہوئی تھی۔ آگے کو بڑھتی ہوئی جوتی پہنی ہوئی تھی، اور گھوڑے کی کاٹھی، اس گھوڑسوار کے شاہ سوار ہونے کی حامی بھرتی تھی۔

گھوڑا ایک بار پھر اپنے اگلے پاؤں اٹھا کر ہنہنایا تو چہچہاتے پکشیوں کی قطار گاؤں کی طرف آتی آتی پتہ نہیں کدھر کو بکھر گئی جس پکشی کا جدھر کو منہ تھا، وہ ادھر ہی اڑاری مار گیا تھا۔

گاؤں کے باہر سوکھے اجاڑ ٹیر پراوندھی ڈالے الّو میں کچھ جستی آئی اور وہ اسی طرح اڑ کر گاؤں کی ایک چھت کی ایک منڈیر پر آ بیٹھا، بدشگنی کا اظہار بن گیا تھا۔

چیلیں گاؤں کے جوہڑ کے کنارے پڑے پنجر کی طرف بڑھتی ہی جا رہی تھیں۔ جب وہ اپنے پنکھ پھیلا کر اڑان سی بھرتی تھیں تو جیسے سارے آسمان کو ڈھک لیتی تھیں، اور گھٹا ٹوپ اندھیرا چھا جاتا تھا۔

اس طرح پنکھ پھڑپھڑا کر اڑتی چیلیں گاؤں پر گہن کی طرح منڈرانے لگتی تھیں۔

پھر گھوڑسوار نے اپنے گھوڑے کی لگام ڈھیلی چھوڑ دی اور گھوڑا شان سے ٹپ ٹپ کرتا گاؤں کی طرف بڑھنے لگا تھا۔ جتنا وہ گھوڑا خوبصورت تھا اتنی ہی اس کی چال میں شان تھی۔

گھوڑسوار کی آنکھیں اب بھی شانت نہیں ہوئی تھیں۔ اس نے اپنی گردن اکڑائی ہوئی تھی اور اس کی چھاتی تنی ہوئی تھی۔

چوپال کے ایک طرف اپلوں کی اونچی اونچی کوٹھیوں کے پاس بڑی مشکل سے سانس لیتا ہوا ایک سانڈ تھوڑا سا چونکا ہوا اس نے آنکھ جھپک کر گھوڑسوار کی طرف دیکھا اور پھر جلدی سے جدھر کو منہ ہوا ادھر بھاگ گیا۔

گاؤں کی سونی گلیوں میں اکیلے گھوڑے کی ٹاپوں کی آواز سنائی دے رہی تھی اور یہ ٹپ ٹپ گھروں کے اندر بیٹھے لوگوں کے دلوں پر ہتھوڑوں کی طرح بج رہی تھی۔ اسی لیے گاؤں کی چھتیں کچھ اور لرز گئی تھیں

گاؤں کی سونی گلیوں کو روندتا شاہ سوار گاؤں کی چوپال کے آگے آکھڑا ہوا تھا تھوڑی دیر وہ ادھر ادھر دیکھتا رہا۔ اور پھر اپنی بندوق کی نالی اوپر اٹھا کر آسمان کی طرف نشانہ سادھے بغیر اس کا گھوڑا دبا دیا تھا۔

گولی کی آواز سے تنکے بھی کانپ گئے تھے۔

گھروں کے اندر ڈر سہم کر بیٹھے لوگوں کے دل اور بھی دہل گئے تھے کہ کہیں کوئی سانحہ ہو گیا ہے۔

ایک بار پھر گولی کی آواز کا مدھم سا شور سنائی دیا تھا۔ یہ پہلی ہی آواز کی بازگشت تھی جو گاؤں کے گھروں کی دیواروں سے ٹکرا کر لوٹی تھی۔

گاؤں کی گلیوں میں سانڈ کے بھاگنے جانے کی آواز اب تک آرہی تھی۔ اس کی بھاگ دوڑ میں اس کے اپنے ہی بچنے کی جھلک ملتی تھیں۔ اور پاؤں کی آواز میں کسی چھپے ہوئے ڈر کا سایہ تھا۔

ہوائی فائر کر کے گھوڑسوار نے پورے رعب اور ہنیکڑ سے بندوق نیچی کی جس کی نالی سے اب بھی سفید دھواں نکل رہا تھا اور جو گرم ہو گئی تھی۔ اس نے ایک غصے بھری نظر گاؤں

کی طرف ماری۔ اُدھر دیکھتے ہی اس کی آنکھوں میں خون اُتر آیا تھا۔ ماتھے پر گہرے بَل اُبھر آئے تھے۔ اُس کی بھنویں تن گئی تھیں۔ بندوق پر اُس کے ہاتھ کی پکڑ اور مضبوط ہوگئی تھی، اور غصّے کے اُبال سے اُس کا رُواں رُواں تن گیا تھا۔

چوپال میں اُسے کسی آدمی کی اولاد کی شکل دکھائی پڑی تھی۔ یا پھر کسی عورت کا پیدا کیا کوئی شیر بیٹا۔

چوپال میں پاؤں کے بَل ایک نوجوان گبھرو بے فکر سا آرام سے بیٹھا بیڑی کے کش بھرتا ہوا دھواں اوپر کو چھوڑ رہا تھا۔ جو کہیں ہوا کے زور سے چوپال کے باہر کھڑے گھوڑ سوار کی طرف چلا جاتا تھا وہ گبھرو نوجوان جیسے کسی کے انتظار میں بیٹھا ہوا تھا۔ ایک نظر اس نے گھوڑ سوار نوجوان کی طرف بھی دیکھ لیا تھا لیکن اس نے اس کی کوئی پرواہ نہیں کی تھی اور اُس سے پوری طرح انجان سا ہو کر وہ اپنی مستی میں بیڑی پیتا رہا تھا۔ اپنے سر پر اُس نے انگوچھا لپیٹا ہوا تھا۔ اُس کی داڑھی اُکھڑی بکھری سی تھی اور آنکھیں بلّی جیسی تھیں۔ اس نے ایک بار پھر اپنی بھورے رنگ کی آنکھوں سے بلّی کی نظر سے اُس کی طرف دیکھا اور پھر پہلے کی طرح ٹھیک سے بیٹھ گیا۔

اُس کی وہ نظر گھوڑ سوار کے سینے میں کیل کی طرح دھنس گئی تھی۔ اُس کے ماتھے کی تیوریاں اور گہری ہوگئی تھیں اور بندوق پر اُس کی پکڑ اور مضبوط ہوگئی تھی۔

چوپال میں بیٹھے نوجوان نے اپنی چادر کو اُٹھا کر اپنی رانوں تک اُونچا کیا ہوا تھا، اور رانوں پر لکھائی ہوئی مورنیاں اُس کے شوقین ہونے کا پتہ دیتی تھیں۔ مورنیاں ایسی تھیں جیسے پرواز بھرنے کے لیے ہر وقت تیار۔ لگتا تھا کہ وہ ابھی اُڑان بھریں گی۔ اور کسی نزدیک کے پیڑ پر جا بیٹھیں گی۔ اس گبھرو نوجوان نے اپنی رانوں کے بال تازے ہی منڈوائے تھے اور مچھلیاں جیسے تراش کر رکھی تھیں۔ اس نے اپنے سر کا انگوچھا اُتار کر اپنی گود میں رکھ لیا تھا اور اس کا منڈا ہوا سر چمکنے لگا تھا۔ اُس نے اپنے سر پر ہاتھ پھیرا۔ ایسا کرنے سے جیسے اُسے آرام اور خوشی حاصل ہوئی تھی۔ اس کے بعد اس نے انگوچھا پھر سے سر پر لپیٹ لیا۔

اُس کی یہ حرکت گھوڑ سوار کی آنکھوں میں چبھ گئی تھی۔

سارے گاؤں کی گلیاں سُونی تھیں، گھروں کی دیواریں کانپ رہی تھیں۔ ایسے میں اُس

گبھرو جوان کا اکیلے ہی چوپال میں بیٹھے رہنا اور بے فکر ہو کر بیڑیاں پھونکتے رہنا اس گھوڑسوار کے تن من کو آگ لگا گیا تھا۔ وہ اُسے دیکھ کر بھی ٹس سے مس نہیں ہوا تھا۔ یہ دیکھ کر گھوڑسوار کو اور بھی چڑچڑاہٹ ہو گئی تھی۔ اُس نے ایک بار پھر بندوق اوپر کی طرف اُٹھائی، آنکھیں نوجوان کی طرف ٹکا دیں اور بندوق کا کندا دبا دیا۔ جیسے کھڑے پرسکون پانی میں طوفان آنے جیسا حادثہ ہو گیا تھا۔

گاؤں کے ٹرے جوہڑ میں تیرتی مُرغابیاں اس آواز کو سُنتے ہی پانی میں غوطہ مار گئی تھیں۔

بنجر پر منڈراتی چیلیں ڈر کر اِدھر اُدھر بکھر گئی تھیں۔

گھوڑسوار کی آنکھوں میں سمائی آگ جیسے بندوق کی نالی سے اُگلی تھی۔ جہاں سے دھواں نکل کر اُوپر کو اُٹھ رہا تھا لیکن چوپال میں بیٹھا نوجوان جس کی رانوں پر موریاں بنی ہوئی تھیں؛ بالکل نہیں گھبرایا تھا۔ بلکہ اس بار اس کے اندر غصہ سا اُبھرا تھا اور اس نے گہری آنکھ سے گھوڑسوار کی طرف دیکھا تھا۔

کتنی ہی دیر وہ دونوں اپنی اپنی جگہ ہلے جُلے بنا ایک دوسرے کو گھورتے رہے، اور دانت کچکچاتے رہے۔ اس بات نے اس گھوڑسوار کو اور غصہ دلا دیا تھا کہ وہ نوجوان تو سیدھا اُس کی آنکھوں میں جھانک رہا تھا۔ یہ غصہ اُس کے سر کو چڑھ گیا۔ اُس نے گھوڑے کی لگام والے ہاتھ سے اپنے منہ کو لپٹا کالی پگڑی کا پلّو اُتار کر پھینکا۔ اُس کا خونخوار چہرہ اب صاف دکھائی دے رہا تھا۔ اُس نے اپنے نتھنے پھنکارے گھوڑا ہنہنایا اور آگ جیسے لفظ اُگلنے لگا۔

"تمہیں پتہ ہے.... گاؤں والے مجھے گوریا کہتے ہیں گوریا...."

چوپال میں بیٹھا نوجوان آرام سے اُٹھا۔ اُتار کر ایک طرف رکھے جوتے کو پاؤں میں اُڑس کر جھاڑا اور پھر ان کو پاؤں میں پہن لیا۔ بیڑی کا آخری کش کھینچا دھواں اُوپر آسمان کی طرف چھوڑا اور بیڑی کا چھوٹا سا بچا ہوا ٹکڑا چوپال کی زمین پر پھینک کر جوتے سے مسل دیا۔ پھر پورے اعتماد سے شان سے قدم اُٹھاتا گھوڑسوار کے پاس آ گیا۔

اُس نوجوان نے ایک بار پھر گھوڑسوار کی آنکھوں میں آنکھیں ڈال کر دیکھا اور پوری طاقت

سے اُس کے گھوڑے کی لگام کو ہاتھ میں تھام لیا۔ اب تو جیسے نیچے کی شان اور پر ہو گئی ہو۔ پھر وہ نوجوان آہستہ آہستہ نپے تُلے الفاظ میں بولا۔

"مجھے بھی میرے گاؤں والے جگیرا کہتے ہیں... جگیرا... اگر تو اپنے گاؤں کا ناڈو خاں کہلاتا ہے تو میں بھی اپنے علاقے کے سُو سو کوس کا نامی رہا ہوں..." یہ کہتے ہی اُس نے گھوڑے کی لگام چھوڑی اور اپنی تپتی سی نظروں سے اس کی طرف دیکھا جو اُس کے آر پار ہوتی چلی گئی۔ پھر وہ اپنے ہاتھوں سے تہبند کی چادر کو اُوپر اٹھائے چپ چاپ گاؤں کے جوڑے راستے پر چل دیا اور گھوڑ سوار کتنی دیر اس کی رانوں میں تیرتی مچھلیوں کو دیکھتا رہا۔

جگیرا سیدھا چلا جا رہا تھا۔ نڈر، نڈھرک، اس نے ایک بار بھی پیچھے پلٹ کر نہیں دیکھا تھا۔

گوریا اس کی پیٹھ کی طرف دیکھتا رہا۔ اس کی آنکھیں غصے سے سُرخ ہو رہی تھیں۔ ایک بار اُس کے دل میں آئی تھی کہ جگیرے کی پیٹھ میں گولی داغ دے۔ لیکن اس کا ہاتھ اُٹھ نہیں سکا تھا۔ ..... وہ نہتے پر پیچھے سے وار نہیں کرنا چاہتا تھا۔ یہ بات اُس کے نام پر دھبہ بن جاتی تھی۔ ایک کلنک.... اس طرح کرنے سے تو اس کا کچھ بھی نہ بچتا ــــ پیچھے سے وار!

کتنی دیر وہ وہیں پر کھڑا سوچتا رہا تھا۔

غصہ اندر ہی اندر زہر کی طرح گھولتا رہا۔

جگیرا اُس کی آنکھوں سے اوجھل ہو گیا تھا۔

مُرغابیاں گاؤں کے جوہڑ کے اوپر بلا خوف و خطر تیر رہی تھیں۔

پھر گوریے نے دانت پیستے اور گھوڑا آگے لے جانے کے بجائے پیچھے کی طرف موڑ لیا۔ اِس بار اس نے نہ کوئی للکارا مارا، نہ گھوڑے کو ہنہنایا اور نہ ہی بندوق کا کندا ہی دبایا۔ بلکہ پیچھے دیکھے بغیر وہ اپنے گھوڑے کو بھگا کر لے گیا تھا۔

جگیرا جیسے اب بھی اُس کے سامنے اُس کے گھوڑے کی لگام کو ہاتھ ڈالے کھڑا تھا۔

کوئی نہیں جانتا تھا کہ جگیرا کون تھا، کہاں سے آیا تھا اور پھر کدھر چلا گیا تھا۔ لیکن وہ ماں کا مرد بیٹا تھا، جس نے سگی ماں کا دودھ پیا تھا۔

اُس کے بعد آج تک کسی نے گورے کو گاؤں میں نہیں دیکھا تھا۔ اور نہ ہی کسی نے اُس کا للکارا سُنا تھا۔

گھوڑا ہوا سے باتیں کرتا ہوا بھاگا جا رہا تھا۔

کچے راستوں کی دھول گھوڑے کی ٹاپوں سے مل کر سارے گاؤں میں پھیل گئی تھی، اور پل دو پل کے لیے سارا گاؤں گرد و غبار کی لپیٹ میں آ گیا تھا۔

دور دھول کے بادلوں میں اڑتا ہوا گھوڑا ایک سایہ سا دکھائی پڑنے لگا تھا۔

"واہ اوے ماں کے بیٹے.... نستیاں والا شاہ اب بھی اپنی دوکان کے ایک کونے میں چھپا، یادوں کی دھول میں کھویا جگیرے کو یاد کر کے بڑبڑایا تھا۔

"سیٹھا...." باہر سے کسی نے آواز لگائی اور شاہ نے کچھ پوچھے بغیر چپ چاپ دوکان کا کنڈا کھول دیا۔

باہر چوکیدار اور ایک سپاہی کھڑے تھے۔

"تجھے سردار نے بلایا ہے چوپال میں" چوکیدار نے کہا اور شاہ کوئی سوال کیے بغیر گھبرایا سا ہو کر ان کے پیچھے ہو لیا۔ وہ جیسے ہوش ہی میں نہیں تھا کہ وہ کہاں جا رہا تھا اور کیا کر رہا تھا۔ جگیرا اُس کے دل و دماغ پر چھایا ہوا تھا۔ کبھی کبھی صبح کا واقعہ بھی اُس کے دل میں زندہ ہو اُٹھتا تھا۔ موٹر سائیکل، گولیاں، نتھے کی بہو، دو سالہ بچہ... لہو... خون۔ گھوڑے کی ٹاپیں، جگیرا، گوریا، سب کچھ اس کے دماغ میں گڈ مڈ سا ہو گیا تھا۔

"آج ہوتا نہ جگیرا... وہ اب بھی بڑبڑا رہا تھا۔

چوپال میں پہنچتے ہی تھانیدار نے اُسے بیٹھنے کے لیے کہا اور وہ کٹھ پتلی کی طرح ایک طرف بیٹھ گیا۔ اُسے جیسے یہ فکر نہیں تھی کہ تھانیدار اُس سے کیا پوچھے گا اور وہ کیا جواب دے گا وہ تو جیسے اپنے آپ میں ہی نہیں تھا۔

تھانیدار نے اُس سے کچھ پوچھا تو شاہ نے اُس کی طرف ذرا بھی دھیان نہ دیا۔

"بس جی۔ آج کہیں ہوتا نہ جگیرا۔" شاہ آنکھیں بند کر کے ڈھول کی طرح اپنا سر ہلاتا رہا، اور چوپال میں بیٹھے ہوئے سارے ہی لوگ اس کی طرف دیکھتے ہی رہ گئے۔

"جگیرا؟" تھانیدار نے دُہرا کر پوچھا تھا۔

"ہاں جی۔ جگیرا۔۔۔ اُس نے سگی ماں کا دودھ پیا تھا۔۔ جگیرے نے۔۔۔ جگیرا سُور ما تھا۔۔ شاہ اپنے آپ بولتا رہا اور کئی لوگوں نے سوچا کہ وہ سٹھیا گیا ہے۔

تھوڑی دیر وہاں بیٹھنے کے بعد تھانیدار سے کچھ پوچھے بغیر شاہ چوپال سے اُٹھ کر اپنی دوکان کی طرف ہولیا تھا۔

جگیرا، جگیرا ہی تھا جی۔۔۔ اب کون بن سکتا ہے جگیرا۔۔۔" اُس کی بڑبڑاہٹ اب بھی سُنائی دے رہی تھی۔۔۔۔ آج ہوتا نہ جگیرا۔۔۔"

جگیرا شاہ کے ذہن پر، اردگرد، نیچے اوپر، چاروں طرف پھیلا ہوا تھا۔۔۔ لیکن بھلے سیٹھ کو کون سمجھاتا کہ جگیرے تو اب بھی یہاں بہت ہیں، لیکن گوریا کوئی نہیں ہے۔۔۔۔

○

تانگے بان کشن سنگھ کو اپنے تانگے سے اتنے ہچکولے نہیں لگتے، جتنے اس کے اندر سمائے ہوئے اس شک سے لگ رہے ہیں کہ کہیں اس کی خوبصورت بیوی گاؤں کے نمبردار کے ساتھ محبت کے پینچ تو نہیں لڑا رہی۔

یہ شک تھوڑا دور ہوتا ہے تو کشن سنگھ جی اٹھتا ہے! یہ شک کسی وجہ سے دوبارہ پیدا ہو جاتا ہے تو کشن سنگھ کی سانس ٹوٹنے لگتی ہے۔ وہ مرے جیسا ہو جاتا ہے۔

اسی تگ و دو، اسی مرنے جینے کی یہ کہانی ہے۔ جسے بہت ہی خوبصورت انداز میں لکھا ہے پریم گورکھی نے۔

پریم گورکھی

جینا مرنا

مشکل سے چار اُنگلی بھر دھوپ گاؤں کی آبادی پر کھلتی دیکھ کر لشنا گھوڑے کو اندر سے کھول کر بھرنی کے کنارے والے شہتوت کی جڑ سے باندھنے ہی لگا تھا کہ کسی نے پیچھے سے آواز ماری۔ اُس کی آواز کو سُنتے ہی لشنے کے ہاتھوں پر جیسے سانپ لوٹ گیا اور اُس نے اپنے اُکھڑے ہوئے مزاج سے پلٹ کر نظر دوڑائی۔ نمبردار ہی تھا۔ اس نے رسّی کو گانٹھ مارتے ہوئے مُنہ میں نمبردار کو گالی دی۔

" کیسے حال چال ہیں لشن سیاں ..... بھائی شہر کب تک چلو گے۔"

نمبردار تہبند کے پلّو کو کمر میں اڑ ستے ہوئے لشنے کے قریب آگیا۔ ایک پَل کے لیے لشنے نے کوئی جواب نہ دیا۔ کھڑے ہوتے ہوئے اس نے دھریک کے پیڑ کی آڑ میں اپنے گھر کے کھلے دروازے کی طرف نظر ماری، جہاں کھُلی ہوئی کھڑکی کے علاوہ اور کچھ دکھائی نہیں دے رہا تھا۔ پھر اُس نے نمبردار کی آنکھوں میں جھانکا جس کا مُنہ اُس کے دروازے کی طرف ہی تھا۔ پھر وہ اپنی طرف سے اس طرح کھڑا ہوا کہ بات کرتے ہوئے نمبردار کی پیٹھ اُس کے گھر کی طرف ہو گئی۔ شہر تو جانا ہے۔ لیکن ابھی نہیں، ذرا دن نکھر جائے پھر چلوں گا۔"

" دن میں کیا پڑا ہے ..... دیکھ دھوپ نکلتی آ رہی ہے۔ بس آج کل تو دن بس اسی طرح کے ہوتے ہیں۔" نمبردار نے ہتھیلی پر رکھے زردے کو تھپتھپا کر جھاڑا۔ اور ہونٹوں کے درمیان رکھتے

ہوئے بولا۔

"حویلی سے ڈرم اور بوریاں لے کر چلنا ہے۔ یاد رکھنا۔"

تبھی گھوڑے کی عینکیں اور دوسرا ساز وسامان اٹھائے بشنے کی بیوی کرمی آگئی اور ہی خیالوں میں گم بشنے نے اسے آتے ہوئے دیکھا ہی نہیں تھا۔ اور اب جب بالکل قریب آئی کو دیکھا تو وہ ابل پڑا۔

"یہ کیوں اٹھا لائی ہے۔ تمہاری کچھ لگتی جھڑی تو موئی پڑی ہے..... ایسے میں کوئی سواری ملے گی، لوگ تو گھر سے ہی نہیں نکلتے۔ تو آگئی ہے یہ اٹھائے۔ رکھ دے لے جا کے۔"

نمبردار نے گھوم کر کرمی کی طرف دیکھا اور بولا۔ "ایسے ہی نہ ڈانٹ دیا کر کتے کے بیج، سونا سنبھالے بیٹھے ہو۔"

نمبردار کی بات بشنے کو کاٹتی ہوئی اندر تک دھنستی چلی گئی اور اسے دو پھاڑ کر کے پھینک گئی۔ "سالے میری بیوی ہے۔ چاہے گھور کر دیکھوں، چاہے ڈانٹوں ڈپٹوں، تیری بہن لگتی ہے۔" اس نے منہ ہی منہ میں نمبردار کو یہ برا بھلا کہہ ڈالا۔ اور اندر کا زہر اندر ہی پی گیا۔ وہ ساز گھسیٹ کر لے جاتی کرمی کو ایک ٹک گھورتا رہا۔

"تم نے تو بیکار میں اسے ٹھنڈا کر کے بھیج دیا.... اچھا پھر یاد رکھنا...." یہ کہتے ہوئے نمبردار لوٹ گیا تو اس نے زمین پر تھوکتے ہوئے دھریک کے پیڑ کی طرف دیکھا۔ بشنے کے اندر جل رہے الاؤ سے ایک شعلہ سا نکلا اور وہ کھڑے کھڑے ہی لڑکھڑا گیا۔ اس نے گھر کی دیواروں اور سونے آنگن کی طرف دیکھا۔ اس طرف تو کوئی بھی نہیں تھا۔ وہ دیکھتا رہا۔ لیکن کرمی اسے کہیں بھی نظر نہ آئی۔

"نہیں وہ بری نہیں۔ ایسے ہی میرا وہم ہے۔ پھر وہ ابھی کاہے کے لیے آگئی.... نمبردار کو دیکھ کر ہی آئی ہوگی..... یہی بات ہے.... نہیں نہیں۔ رات کو تو وہ بھائیوں کی قسم کھا رہی تھی۔ وہ تو پہلے بھی ایسے ہی ساز اٹھا کر لایا کرتی ہے۔ جب وہ گھوڑا باہر نکالتا ہے۔ آج بھی ویسے ہی آگئی....اسے کیا خبر تھی کہ نمبردار کھڑا ہے.... وہ دل ہی دل میں تڑپتا ہوا یہ سب سوچ رہا تھا۔ لیکن اس کا من کسی بھی بات پہ اس کے قابو میں نہیں آرہا تھا۔

کل شام کو جب بشنا، شہر کے اڈے پر کھڑا سواریوں کا انتظار کرتا آخر خالی ہی چلنے لگا تو

اپنا تہبند گھسیٹتا، لڑکھڑا کر چلتا نمبردار اُس کے تانگے میں آکر بیٹھ گیا تھا۔ نمبردار کے بیٹھتے ہی لشنے نے گھوڑے کو ہانک دیا تھا۔ گاؤں میں کئی دنوں سے قریباً دو برس کے لڑکے کے گم ہونے اور کل ایک کنوئیں میں لاش کے ملنے کے سلسلے میں باتیں کرتے وہ وردی بھائیوں کے آرے کے سامنے آئے تو نمبردار نے تانگہ روکنے کے لیے کہہ کر لشنے کو بھی تانگے سے اُتار لیا تھا۔ چائے کی دوکان سے گلاس پکڑ کر، لشنے کے نہ نہ کرتے اُسے دو شراب کے پیگ پلوا دیئے تھے۔ بوتل میں باقی بچی اُس نے خود پی لی اور پھر وہ تانگے میں آکر بیٹھ گئے۔

نہر کی پُلیا پر چڑھتے ہوئے وہ اس گناہ گار کو گالیاں دے رہے تھے جو بچے کو مار کر کنوئیں میں پھینک گیا تھا۔ ڈھلان سے اُتر کر موڑ مڑ کر گاؤں کی سڑک پر چڑھتے اُنھوں نے دوسری باتیں شروع کر لیں۔ اُنھوں نے گاؤں کے کھیتوں سے لے کر کھٹڑوں کی اُس اُستانی تک کی باتیں کیں جس کی ٹکر کی اُن کی نظر میں اور کوئی عورت نہیں تھی۔ اور جب یہاں آکر بات اٹکی تھی تو نمبردار نے آہستہ سے کہا تھا۔

" ارے لنڈے کے لاٹ تمہاری کون سی بُری ہے۔۔۔۔ میں نے اُسے پہلے کہاں دیکھا تھا، وہ تو میرے پاس بیٹھے لشکر نے کوہنی ماری کہ اپنے ڈرائیور کی گھر والی ہے۔ عورت کی آنکھ بڑی تیز ہے"۔ یہ کہتے ہوئے نمبردار نے اپنی ترشی ہوئی مونچھوں کو سنوارا تھا۔ ایک لمحے میں لشنا برف ہو گیا تھا اور اُس نے منہ گھما کر جب نمبردار کی طرف گھور کر دیکھا تو گہرے اندھیرے میں بھی نمبردار کی مشعلوں کی طرح لٹ لٹ کرتی آنکھیں لشنے کی آنکھوں میں نیزے کی طرح چُبھ گئی تھیں۔ اس نے اپنے اندر کا غصہ نکالنے کے لیے پانچ سات چابک گھوڑے کے مار کر اُسے دڑکی چال پر لگا دیا تھا۔ پھر وہ اپنے گھر کی دہلیز تک پہنچتا خیالات کے گہرے اور تیز بہاؤ میں ڈوبتا تیرتا رہا تھا۔ دوپہر کے وقت اڈے پر بہو کی بتائی ہوئی بات نے بھی اُس کی روح کو کھٹکن میں ڈال دیا تھا۔

" نمبردار بڑا چکر کاٹتا تھا تمہاری طرف۔ کہیں دور کا پھیرا ہے، میں نے کہا۔" اُس نے تو بس اتنا ہی کہا تھا۔ لیکن کیوں کہا تھا؟

اس کے بارے میں اُس کے دل میں اب خیالات کا سلسلہ شروع ہوا تھا۔ تانگہ کھڑا کر کے گھوڑا چھوڑ کر جب اُس نے گاؤں میں پاؤں رکھا تو چولھے کے سامنے بچے کو گود میں لیے بیٹھی کرمی کی طرف

اُس نے شک بھری نظر سے دیکھا تھا۔ کرمی نے بچے کو بوری پر لٹا کر چولھے پر رکھے پتیلے سے پانی کا کٹورا بھر کر بشنے کی طرف بڑھایا۔ "لے منہ ہاتھ دھولے۔ میں روٹی ڈالتی ہوں۔"

"ٹھہر جا گھڑی بھر۔" کہتے ہوئے وہ انہی قدموں سے باہر چلا گیا۔ اُس کا من بڑا پھیکا اور خراب سا ہو رہا تھا۔ اس لیے وہ سیدھا گھر کے دروازے سے قریب والے شراب خانے کی طرف چل دیا۔ جاتے ہی اُس نے پورن بلیکیے کی عورت سے گلاس بھروا کر دارو پیا اور نمک کی چٹکی چاٹتا اندر کی گلی کی طرف ہو لیا۔

جب وہ گھر آیا تو کرمی نے گھوڑا اندر باندھ کر دانے والا تھیلا اُس کے منہ پر چڑھا دیا تھا۔ اور اب گھوڑا نتھنے پھنکارتا دانے کو منہ مار رہا تھا۔ آگ جلانے کی وجہ سے کمرا دھوئیں سے بھر گیا تھا۔ شاید کرمی نے تھوڑی سی چائے چولھے پر چڑھا دی تھی۔ بشنا دیوار کے پاس چارپائی پر بیٹھ کر کرمی کی طرف گھور گھور کر دیکھتا رہا۔ اس کے دل میں ایک نئی بات نشتر کی طرح اُترتی جا رہی تھی۔

"روٹی ڈال دو۔ اور لڑکے کو اٹھا کر چارپائی پر لٹا دو۔" اُس نے آہستہ سے کہا۔

"یہاں آجاؤ آگ کے قریب۔" کرمی نے کہا۔ اور وہ چارپائی سے اُٹھ کر نیچے ٹاٹ پر آ بیٹھا کرمی نے تھالی میں روٹی ڈال کر اُس کے پاس رکھ دی۔ ابھی اُس نے پہلا ہی لقمہ توڑا تھا کہ گھوڑا پیشاب کرنے لگ گیا۔ اور اس کے چھینٹوں سے اردگرد کی جگہ بھر گئی۔ غصے میں کرمی نے چمٹا اٹھا کر زور سے گھوڑے کی ٹانگوں میں مارا۔ پھر اس نے بشنے کے آگے رکھی ہوئی تھالی اٹھا کر دور رکھ دی۔

ٹھہر جا تھوڑی دیر۔ میں ابھی پل بھر میں اور روٹی لگا دیتی ہوں۔" یہ کہتے ہوئے اُس نے دیوار کے پاس سے پرات اُٹھا کر آٹے والی مٹکی کو ہاتھ لگایا تو بشنے نے اُسے روک دیا۔ ہاتھ بڑھا کر تھالی اُٹھائی اور روٹی کھانے لگ گیا۔ روٹی کھاتے کھاتے پتہ نہیں اُس کے دل میں کیا اُبال اُٹھا کہ دو روٹیاں بیچ میں ہی چھوڑ کر تھالی کرمی کے پیروں کے پاس کھسکا دی اور اُٹھ کر چارپائی پر جا بیٹھا۔

"روٹی نہیں اور کھانی، اور لپکا دوں ؟" کرمی جیسے فکر مند ہو کر بولی۔

"نہیں . ویسے ہی ۔" روکھا سا جواب دے کر اُس نے سگریٹ سُلگا لی اور گوڈڑی اچھی طرح اوڑھ کر دیوار سے ٹیک لگا لی ۔ سگریٹ کے لمبے لمبے کش لیتے' وہ کرمی کو برتن سنبھالتے' اپنی چارپائی بچھاتے' بچے کے بار بار پیشاب سے گیلے ہوئے کپڑوں کو نیچے اوپر بچھاتی' اور چولھے میں بجھ رہی آگ کو کڑاہی میں ڈالتے دیکھتا رہا ۔ جب کرمی لشنے کی چارپائی پر پڑے بچے کو اُٹھا کر اپنی چارپائی پر لٹانے لگی تو دیئے کی روشنی میں اُس کے ناک میں پہنے لونگ کے نگ کی چمک لشنے کے سینے میں ترنگ بن کر لہراتی چلی گئی ۔ اُس نے اُس کو بازو سے پکڑ کر اپنے پاس کھینچا اور اس کے سر کو سینے میں دبا لیا ۔ اُس نے چاہا کہ وہ اپنے شراب کی بدبو سے بھرے مُنہ کو کرمی کے بالوں میں چھپا دے کئی دنوں سے بال نہ دھونے کی وجہ سے اُس کے سر سے آرہی بُری سی بدبو بھی اس وقت لشنے کو عطر کی مہک جیسی لگی ۔ وہ ریت کی طرح ذرّہ ذرّہ ہو کر بکھرتا چلا گیا ۔

کتنی دیر وہ چپ چاپ لیٹا دیئے کی لَو کی طرف گھورتا رہا ۔ پھر اُس نے دروازہ کھول کر کرمی کو باہر جاتے دیکھا ۔

باہر آکر اُس نے گھوڑے کے مُنہ پر بندھا دانے کا تھیلا کھولا ۔ جب وہ لیٹنے لگی تو لشنے نے آہستہ سے پوچھا ۔

"کل تم گوڑے کی دوکان پر بھی گئی تھی ؟"

"ہاں .... دانہ نہیں تھا اور چائے کی پتّی بھی ختم ہو گئی تھی ... کیوں کیا بات ؟

"بات تو کچھ نہیں ...." اس نے اُٹھتے ہوئے کہا ۔ وہ دیوار سے ٹیک لگا کر پھر سگریٹ پینے لگ گیا ۔

"ایسے ہی نہ دوکان کی طرف جایا کر ...... اس گاؤں کی مٹّی کھری نہیں ہے ۔"

"نہیں کھری تو نہ ہو ۔ مجھے چاٹنا ہے مٹّی کو ۔ کرمی شکوے کے لہجے میں بولتی لیٹ گئی ۔

" اچھا بھلا پھر تو جب دوکان پر گئی تھی تو وہاں کون کون بیٹھا تھا چبوترے پر ۔" کرمی کی بات پر جیسے لشنے کو غصّہ آگیا تھا ۔

"بھائیوں کی قسم ۔ میں نہیں جانتی ۔ کون بیٹھے تھے ..... تجھے بہت باتیں بنانی آتی ہیں ۔"

"نمبردار اور شنکر بھی بیٹھے تھے ؟" بشنا کھانستا ہوا آگے کو بڑھ کر گھوڑے کے پاؤں میں تھوکنے لگا۔

بیٹھے تو بیٹھے رہیں۔ میں جوتا بھی نہیں مارتی کسی کو ..... تو نے کیا مجھے کچی لنڈی سمجھ لیا ہے ؟ دوبارہ مجھ سے نہ ایسی باتیں کرنا ... بعد میں کہو گے کہ ایسے بولتی ہے۔"

"کیا بولو گی تم کتے کی ..... ابھی اٹھ اور کہہ دے جو کہنا ہے۔" بشنا تڑپ کر چارپائی سے اٹھا اور اس نے الٹے ہاتھ سے کرمی کا منہ توڑ دیا۔ اس کے بالوں کو پکڑ کر جھٹکا دیا۔ اور گالیاں دیتا چارپائی پر گر گیا۔ تھوڑی دیر پہلے جو دو وجود تخت و تاج کو مٹی میں روندتے ساگر کی اتھاہ گہرائیوں میں تیر کر ہٹے تھے ایک ہی بار میں پانی کی چھل نے انھیں ریت کے ڈھیر پر لا کر ٹپک دیا۔ دیوا بجھا دینے کے بعد کافی رات بیت جانے پر بھی بشنا سو نہیں سکا تھا۔ کرمی تو جیسے دانتوں کے نیچے گھاس کا تنکا لیے پڑی تھی۔ وہ تو دوبارہ ہلی بھی نہیں تھی۔ وہ اس بات پر بھی پچھتا رہا تھا کہ اس نے بلاوجہ ہی کرمی کو ڈانٹ دیا تھا۔

ـــ اب جب راستہ چلتے نمبردار کو دھریک کی طرف جھانکتے پایا تو شک کی لہر بشنے کے دل میں سب کچھ سمیٹتی چلی گئی۔ تبھی گھوڑا زور سے ہنہنانے لگ پڑا۔ بشنے نے ڈر سے کانپ کر ادھر دیکھا۔ گھوڑا چاروں کھروں سے زمین اکھاڑتا جاتا تھا۔ اور اس نے اپنا منہ نہر کی طرف اٹھایا ہوا تھا۔ مڑیوں کی طرف سے بلیکیوں کی گھوڑی دھیرے دھیرے چلی آ رہی تھی جس کو دیکھ کر گھوڑا اگرمی کھا رہا تھا۔ بشنے نے اس کا رسہ پکڑ کر گھوڑا لیکن وہ زور زور سے ہنہناتا چلا گیا۔ پھر اس نے دو چار چھوٹے چھوٹے کنکر اٹھا کر گھوڑی کو مارے تو وہ مڑیوں کے پاس کھڑی ہو گئی کھلی گھوڑی دیکھ کر بشنے نے گھوڑا کھول ہی لیا۔ پرسوں بھی اسی گھوڑی کو ڈانٹنے کی وجہ سے بلیکیوں کی لڑکی اسے گالیاں دے گئی تھی اور وہ بلیکیوں کے ڈر کے مارے کچھ نہیں بولا تھا۔ ابھی اس نے ایک ہی قدم اٹھایا تو گھوڑا پھر زور سے ہنہنایا۔

بشنے کے اندر دبی ہوئی ہلکی ہلکی غصے کی آگ الاؤ کی طرح جل اٹھی۔ اس کی آنکھوں میں تو جیسے دھند ہی پھیلتی چلی گئی، اور گرمی کھا کر اپنی آئی میں آئے گھوڑے کے چہرے میں اسے نمبردار کا منہ دکھائی دیا۔ اس نے رسہ تھامے آگے بڑھ کر تانگے کی چھت میں پھنسے چابک کو کھینچ لیا، اور گھوڑے پر برسنے

پڑا، پاگلوں کی طرح۔ آدمی بے بسی میں آگ کی جگہ مٹی پھانکنے لگ جاتا ہے۔ لشنے کی طرح۔ لیکن اس کے اندر کا کچھ سانسوں کے رشتے سے ضرور بندھا کھڑا رہتا ہے۔ بشنے کے گھوڑے کی طرح۔ اسی لیے یہ ہوا کہ لشنے نے ابھی چوتھا چابک مارا ہی تھا کہ طوفان بنے گھوڑے نے بشنے کے ہاتھ پر کاٹ کھایا۔ ہاتھ چھوڑ کر کندھے پر منہ مارا اور لشنے کی چیخیں نکل گئیں۔ وہ رسّہ چھوڑ کر دوڑ پڑا لیکن گھوڑے نے اس کے پیچھے دوڑتے ہوئے اس کے سر پر منہ مارا اور گردن پر کاٹ لیا۔ بشنا کانپتا ہوا گر پڑا تو گھوڑا پیچھے کی طرف مڑ کر دولتیاں مارتا ہوا گھوڑی کی طرف دوڑ پڑا۔ بشنے کی چیخیں سن کر کنوئیں پر کھڑے دولتی کے سارے گھر والے دوڑتے ہوئے آئے۔ ادھر سے بودی کے گھر سے سب لوگ آ گئے۔ شور سن کر کرمی بھی ملے ملے ڈگ بھرتی آپہنچی۔ وہ روتی ہوئی سر کے دوپٹے سے بشنے کے سر، بازو اور ہاتھوں سے بہتے ہوئے خون کو پونچھنے لگی۔ بشنے کے چچا اور چھوٹے بھائی نے آتے ہی اسے اٹھایا اور رکشے میں ڈال کر شہر کی طرف بھاگے۔ بشنے کا بڑا بھائی لاٹھی اٹھائے گھوڑے کو گھیرنے چل پڑا۔

بشنے کو جب شہر سے لے کر واپس آئے تو سر سے لے کر کندھے تک اور ایک بازو سفید پٹیوں سے لپٹا ہوا تھا۔ جیسے چونا کیا گیا ہو۔ چارپائی پر پڑے بشنے کی طرف دیکھ دیکھ کر کرمی پھوٹ پھوٹ کر رو رہی تھی۔ محلے کے سب لوگ گھر میں آ اکٹھے ہوئے تھے۔ "ایسے گھوڑے کو خریدا ہی کیوں تھا...... اب بھی واپس کر دو...... آگ لگانی ہے اس سالے کو...." کوئی کہہ رہا تھا۔

"ہم نے بہت مغز پچی کی تھی۔ اس نے ایک نہ سنی۔ وہ پہلی گھوڑی کیا بری تھی۔ وہ پوچھتا ہی رہا ہے۔ کیا ہوا ہے اس کو۔" بشنے کے پاؤں کی طرف بیٹھے اس کے چچا نے حقے کا کش کھینچتے ہوئے کہا۔

"کاٹنے والا گھوڑا تو ویسے ہی کسی کام کا نہیں،" میں نے کہا۔ گولی مارو اس سالے کو۔ واپس کر دو اسے جس سے لائے ہو۔ کیا لینا ہے اس سے۔" کوئی دوسرا کہہ رہا تھا۔

کانوں پر تیلی پٹی ہونے کی وجہ سے بشنے کو سب باتیں سنائی دے رہی تھیں۔ اس کی آنکھوں کے سامنے گھوڑا چلتا پھرتا اور پھنکارے مارتا دوڑ رہا تھا۔ اس کی گولی چمکتی آنکھیں اب بھی اسے

نمبردار کی آنکھیں ہی لگ رہی تھیں۔ وہ لیٹا لیٹا ہی غصّے میں جل رہا تھا۔ اگر وہ اُٹھنے کے قابل ہوتا تو چارپائی کے نیچے سے برچھی نکال کر گھوڑے کے پیٹ کو بیندھ کر رکھ دیتا۔ ہزار بارہ سو کا گھاٹا ہی تھا نہ، ہو جاتا، پورے ہو جاتے۔" وہ من ہی من میں سوچ رہا تھا۔ ویسے یوں کوئی بات بھی نہیں تھی کوڑھی کو مارتے وہاں۔ بس ایسے ہی غصّے میں آکر مارتا چلا گیا۔" ایسا سوچتے ہوئے اُس نے آنکھیں موند لیں۔

جب اُس نے دوبارہ آنکھیں کھولیں تو اس کے پاس اکیلی کرمی کھڑی تھی۔ کوٹھے سے باقی سب جا چکے تھے۔

"میں نے کشن کو کہا ہے کہ بھئی گھوڑا شہر چھوڑ آئے۔ میں نے اسے گھر میں نہیں رہنے دینا گھوڑی ہم واپس لے آئیں گے۔ وہ نہ مانیں تو نہ سہی۔ اُسے کہنا اس کلمیہ ہے کو اپنے پاس ہی رکھ۔ چاہے گھوڑی بھی نہ دے۔" یہ کہتے ہوئے کرمی بالٹی میں گرم پانی سے برتن دھونے کے لیے بیٹھ گئی۔

' دیکھ نا اب کیسے جھلسا ہوا کھڑا ہے۔ اب بٹریاں پڑی ہیں اسے۔ اب اس نے صبح سے تنکا بھی منہ کو نہیں لگایا۔ تھوڑی دیر پہلے چھان ملا کر تھیلا ٹانگے رکھا اس کے منہ کو۔ بس ویسے ہی بت بنا کھڑا رہا۔ بھائیے نے مارا بھی بہت ہے۔ دیکھ تو لاٹھیوں کی چوٹیں ویسی کی ویسی اُبھری پڑی ہیں۔" اس طرح بولتی کرمی ایک کونے میں گردن لٹکائے کھڑے گھوڑے کی طرف دیکھتی رہی۔ واقعی کشنے کے بڑے بھائی نے گھوڑے کو بڑی بے رحمی سے مارا تھا۔ اس کے پچھلے دونوں گھٹنوں پر زخم ہو گئے تھے۔ ماتھے پر لاٹھی لگنے سے آنکھ تک کا ماس اُبھر آیا تھا۔ پچھلے پٹھوں پر بھی چوٹوں کے نشان دکھائی دے رہے تھے۔

"میں کہہ آؤں پھر کشنے کو ... نہیں تو دن بیتا جا رہا ہے۔ لڑکے کے سوتے سوتے کام ختم کر لوں۔"

"ہاں۔ اُسے کہہ اُس کے کھونٹے سے باندھ آئے۔ میں خود ہی بات کر لوں گا۔" بیٹھے ہوئے کشنے کے منہ سے نکلتے یہ لفظ کانپ رہے تھے۔ اس نے آنکھیں بند کر کے لمبی سانس لی۔

بغل میں لیٹا ہوا لڑکا رونے لگا تو کشنے کی آنکھ کھل گئی۔ کرمی ابھی واپس نہیں آئی تھی۔ کشنے میں ہاتھ اُٹھانے بھر کی بھی ہمت نہیں تھی۔

لڑکا جلدی ہی چپ کر گیا۔ لشنے نے سائیں سائیں کی آواز ہوتی سُنی تو اس نے آنکھیں اُٹھا کر بلکہ آنکھیں پھاڑ کر دیکھا۔

گھوڑے کا لمبا سا منہ اُسے شہتیر کی طرح لگا۔ اُس نے آہستہ سے گردن گھمائی۔ گھوڑا لڑکے کے سامنے سر کیے کھڑا تھا اور لڑکا اُس کے کان مروڑتا اس کے ساتھ کھیل رہا تھا۔ لشنا ڈر گیا اور اس نے اندر سے درد کے مارے سکڑتے ہوئے گھوڑے کو ڈانٹا۔ لیکن گھوڑے نے اس کے برعکس اپنا مُنہ بڑھا کر لشنے کے کندھے پر رکھ دیا۔ گھوڑے کے مسالے کی بدبو لشنے کی ناک میں دھنستی چلی گئی۔

اُس نے ڈرتے ہوئے گھوڑے کے منہ کی طرف دیکھا۔ پھر اُسے جیسے سب کچھ بھول گیا وہ گھوڑے کی آنکھوں کے نیچے، منہ کی طرف بہتے ہوئے آنسوؤں کو دیکھتا رہا اور پھر اس کی اپنی آنکھوں میں دھند پھیل گئی۔ اُس نے آنکھیں جھپکائیں۔ لیکن اُسے صاف دکھائی نہیں دے رہا تھا۔

" ایسے ہی سالا ڈر سا لگا لیا دل کو۔ کاہے کا جینا ہے بندے کا۔ بس ایسے ہی گرتا پڑتا ہے۔ واہ او ے لشن سیاں۔ تجھے سمجھ نہ آئی۔ یہ دیکھ یہ جانور ایسا لیکن ذرا خود کو دیکھو تم۔ ہے ابھی جینے کا وقت۔ میں ایسے ہی گر پڑا۔"

اس طرح سوچتے ہوئے لشنے نے آنکھیں بند کر کے پھر کھولیں۔ اب اسے کافی صاف دکھائی دے رہا تھا۔

تبھی اس کا چھوٹا بھائی کشن اندر آ گیا۔ اُس نے گھوڑے کو لشنے کے مُنہ سے مُنہ رگڑتے دیکھا تو ڈر کر دروازے پر جمپٹا۔ اُٹھا کر گھوڑے کے پاؤں میں مارا تو گھوڑا ایک کونے میں سہم کر کھڑا ہو گیا۔ اس نے کھونٹا کیسے اُکھاڑ لیا۔ یہ لے گا ابھی کسی اور کو۔" ایسا بولتے ہوئے کشن گھوڑے کے رسّے سے بندھے کھونٹے کو نکالنے لگا۔ میں اسے لے چلا ہوں ویر۔۔۔ باقی بات تم خود ہی اس سے کر لینا۔"

" نہیں کشن رہنے دے اسے یہیں پر۔ اس کا کیا قصور ہے سُسرے گونگے کا۔۔۔۔ گناہگار تو سالا اپنا ہی من ہے۔۔۔۔" لشنے سے بات پوری نہ ہو پائی تو وہ چُپ کر گیا۔ پھر لمبی سانس بھر کر

بولا۔"کرمی کہاں ہے.... اسے کہہ اسے دانہ ڈال دے۔"

"اسے تو بیرے کا نمبردار لے گیا ساتھ گھر کو باتیں کرتا ہوا۔ کہنے لگا گھی اٹھالا بشنے کے لیے۔ آتی ہے وہ ابھی....." یہ کہتے ہوئے کشن کھونٹا گاڑنے لگا۔

"ہے تمھارے پیدا کرنے والوں کی ..... بشنے نے غصّے سے جلتی ہوئی آنکھوں کو چمکاتے ہوئے کہا اور اسے لگا جیسے شدید درد نے اُسے پھر بندھ کر رکھ دیا ہو۔